ラファエルのおもうこと

いしかわ あきこ
Healing Space Raphael

文芸社

Contents

ラファエルのおもうこと／3
　　メッセージ／14、29、45、57
わんたのさがしもの／59
こばなし／75
わんたママの贈りもの／141
謝辞／155

ラファエルのおもうこと

9月1日
愛だ愛だ愛だーーー！！！
みんなで愛でいっぱいにしよう。
あっちもこっちも愛だらけにしよう。
あなたの愛、あなたの周りの人の愛、そのまた周りの人の愛。
愛だらけにしよう。
すべてが愛になるまで、愛を振り撒こう！

9月7日
やったぞ、えらいっ！！
やっと出来たこと、やっと言えたこと、
あなたの勇気・決断に
天使たちが拍手を送っている。
いつだって超強力な応援団。
私たちって、とっても心強いんだわ。

9月8日
もうすぐ冬がやってくる。
あらゆるものを凍らせる。
でもね、春のやわらかな陽射しは
必ず戻ってくるんだよ。
もしも、
あなたの心のどこかが凍ってしまっているなら、
春の陽射しがやってきた時、
あらゆる自然の命とともに、
そっと溶かしてもらえるように、
よく日のあたる場所に差し出しておこう。

9月9日
コツコツとしか出来ないけれど、

トントンと器用に
スマートには進んでいけないかもしれないけど、
それが自分のペースならいいじゃない。
いっこいっこを大切に、確実に、
ていねいに積み上げていく積み木。
ていねいな土台を作ったから、
ちょっとやそっとの揺れにはピクともしない積み木のお城。
長持ちするものを作り上げていく。
あなただけの大切な愛しいお城。

9月10日
不思議だね。
まわりの人が言うことや世間で言われていることは、
何の疑いもなく信じているのに、
あなたのこころが言うことや感じるものは
なかなか信じることが出来ないのね。
まわりを信じることができるのなら、
自分のこともっと信用してみない？

9月12日
もしかしたら私は嫌われているかもしれない。
もしかしたら私は不器用なのかもしれない。
もしかしたら私は誰にも必要とされていないのかもしれない。
もしかしたら私は誰にも愛されていないのかもしれない。
・・・よし！あなたの不安を天使が全部書き換えちゃう！！
「もしかしたら私はもっと好かれるかもしれない」
「もしかしたら私はもっと器用なのかもしれない」
「もしかしなくても私は誰かに必要とされている」
「もしかしなくてもまちがいなく私は愛されている」
そう、その通り。

ほら、あなたの素敵な笑顔。

9月19日
あなたに似合うのはどんな服でしょう。
背伸びしたり無理することもなく、
あなた自身がくつろげる素敵な服装。
あなたによく似合う色の服。
それが一番素敵なのよ。
でもたまに見直してみてね。
日々刻々とあなたに似合う服装は変わっているかもしれないよ。
今のあなたにはどんな服装が一番似合うのかしら？

9月21日
鳥たちが新しい季節の到来を告げる。
楽しげに知らせてまわる。
「もう次の季節だよー。新しい始まりなんだよー」
そして豊かな秋の実りを手にする。
鳥たちはしかしこうも言う。
「さぁ、準備するんだよー。冬が始まるからねー。
今のうちに準備するんだよー」
賢い彼らは、新しい季節の到来を楽しむのと同時に、
その次にやってくるものをも知っている。
そして何をすべきなのかを心得ている。

9月22日
なぜだかわからないけれど、
何の根拠もないのだけれど、
「私は絶対大丈夫。きっとうまくいく」
そんな思いが心をよぎった時、
その確信めいた思いを大切にしてね。

「そんなはずないわ。こんなに大変なのに！」って
打ち消してしまわないでね。
その思いはあなたの光が伝えてくれたもの。
天使たちが伝えてくれたもの。

9月23日
信じようと信じまいと、それはその人の自由。
どんなにあなたがおいしいと思うお店でも、
その人はそのお店よりも隣のお店の方が好みかもしれない。
ただ「あのお店はおいしかったよ」、それだけでいい。
その人が食べたくなった時に、そのお店へ行く道を
わかりやすく教えてあげたらいいんじゃない？
いつでも教えてあげられるように
地図を用意しておいてあげるだけでいいんじゃない？
・・・ところでこのお店は、
あなたのお口に合っているかしら？（笑）

9月24日
何のためにここにいるんだろう。
そう思う時ってあるかしら？
何の意味もないように思える時でも、必ず意味があるんだよ。
そこであなたがやるべきことは何かしら？
そこであなたが果たすべき役割は何かしら？
あなたがそこで伝えるべきことは何？
あなたがそこに残したいものは何？
もし何も思いつかなければ、
あなたはもうそこを去るべきだと
気づくためにそこにいるのかもしれない。
さあ、よく見てみよう。
いつでもどんなことでも、それはチャンスになる。

9月25日
あなたが精一杯やったことは、みんな知ってるよ。
結果がどうあれ自分を責めないで。
あなたが培ってきたものは
結果には出せなかったかもしれないけれど、
確実にあなたの中にある。
あなたの中で輝いている。
いつか世界に表現されるのを
静かに待っている。

9月26日
旅の終わりはいつやってくるのか。そう思っているんでしょう。
実はね、ここだけの話、旅に終わりはないんだよ。
旅はずーーっと続いていくの。
がっかりしたの？　どうして？
つらいから、苦しいから？
つらくて苦しい旅を続けるんじゃなくて、
楽しい旅を続けることにしようよ。
どんなおやつを持っていく？
どんな服装で旅をする？
どこを訪れてどこに泊まってどんなおみやげにする？
旅の道連れは誰？　どんな乗り物に乗るの？
旅の行程を決めるのは
あなた自身なんだから。

9月27日
気がついたら海でアップアップしていた。
く、苦しい～～ってもがいてた。
でもさー、その海って遠浅なのよね～。
ちょっと移動すれば足が届くんだわ。

それを思い出すべきなのに、
溺れたフリに必死で、忘れてしまってる。
しかもあなたのすぐ横に
救命ボートは用意されているし、
浮き輪まで投げてくれているの。
さぁさぁ、ボートに乗るか、
浮き輪につかまるか、
足の届く場所に移動しようよ。
じゃないとくたびれるでしょ。
それからもうひとつ、
あなた、実は泳ぎ方も知ってるんだよ。（＾＾）

9月28日
いい天気。秋晴れ。
空は青く澄んでいて、
雲がまったくいいバランスで浮いている。
・・・あっ､､､ひこうき雲。
きれい、きれい。
ヒヨドリがどこかで鳴いている。
声高らかに歌っている､､､。
ねぇ、ほんの2，3分でいいから、
こんな気持ちいいゆったりした時間を持ってみては？

9月29日
ありがとう。
こんなに気持ちのいい朝を。
ありがとう。
楽しい仕事をさせてくれて。
ありがとう。
やさしい仲間たちと過ごさせてくれて。

ありがとう。
安心して眠ることが出来る場所をくれて。
ありがとう。
今、ここに居ることが出来て
キリが無いほどのしあわせに囲まれているわ。

9月30日
じわじわじわ～～～～っと、
くすぐられる時がある。
それは笑わせるためにこそばゆ～くされてるんじゃなくって、
「怒りのツボ」をくすぐられるのだ。
怒りにまかせて反応しちゃったら「思うツボ」。（笑）
じゃあそれをどうするかって？
箱持ってきて箱の中にぶちまける。
で、フタをして、天使に手渡して
「ありがとね～～～～っ」って大笑いしながら
手を振って見送る。
そしてその出来事を観察し、
「未熟者めが」と一人つぶやき、バカ笑いするの。
ちょっとコワい？（爆笑）

メッセージ

わたしがあなた方に言いたいことは、特にない。
なぜなら必要なことはすべて、常に伝えているからだ。
そしてまた、あなた方はあなた方の内なる光の中に
その答えをすべて蓄えている。
だからわからない時は天に求めるのではなく、
自分の中に、己の奥深くに宿る光へと求めるがいい。
あなた方はいつも、答えを外へと求める。
何もかも持っているというのに、、、。
しかしわたしはあなた方に求められれば、必ず答える。
あなた方の親しい人を通して、愛するものを通して、
あなた方の神聖な光を通して答えるだろう。

あなた方は知っている。誰しも自由であることを、、、。
束縛されていると思うのか。
束縛されているように感じる自由を味わっているだけだ。
それも自由なのだと気づかないのか。
あなた方は常に、今も、今までも、これからも自由なのだ。
自由を奪われることなどあり得ない。
そう感じる自由があるだけなのだ。
さあ、わたしの声がきこえるか、、、。
わたしの愛を受け入れることができるか、、、。
それをきくのも、受け入れるのも自由だということを
あなた方は知っている、、、。

わたしは常に存在する。至るところにわたしは在る。
そよぐ風の中、木々の木漏れ日の中、土の香りの中、
みどり児の無垢なる瞳の輝きの中、水のせせらぎの中、
闇夜を轟かす稲妻の中、

あなたが今手に取った読み物の中、愛する者の腕の中、、、。
わたしはいる、
わたしはあなた方から片時もはなれたことはない。
それがわたしの愛、すべてである。
あなた方の思うままに、何でも成そう、、、。
あなた方の望むものはすべて、、、。
あなた方はそれほどまでに愛されているのだ。
それほどまでに愛しい存在なのだ。
わたしは常に在る。そこにも、ここにも、、、、、。

10月1日
想像力を働かせるってさ、
「これをやったらどうなるのか」ってこととか
先を推測することにも必要なんだけど、
それだけじゃないよね。
自分のやりたいこと、なりたい状態とか
そういったものへ働かせるの。
そしてそれは
「想像」から「創造」へと移りゆく。
よーーし、私はいっぱい楽しいことを創造しよう。
ワクワクを創造しよう。

10月2日
探し物があってねぇ、
あちこち探したんだけど見つからない。
はっと気がついて
今日ゴミの日でゴミに出しちゃったんだーって、
あせってゴミ収集所に行ったけど、
時既に遅し、で、もう持ってかれた後。
うわ〜〜って頭抱えて帰って、
ふと開けた引出しの中にその探し物があった。
なんだ、捨ててなかったんだー。
必要になるものはちゃーんと取ってある。
自分で思ってる以上に自分はしっかりしてたりするのだ。
本当にいらなくなったものかどうかの見極め方を
あなたはちゃんと知っている。

10月3日
どうにもならなくって、しんどい時には、
眠る前にそう呼びかけてみてね。

そうすると必ず、
夢の中で天の仲間たちに会えるから。
そして勇気づけられて、
目覚めたら
新しく生まれ変わったあなたがいる。

10月4日
物事は常に変化する。
人間という存在も変化する。
「私はこんな人間だ」
「私の魂はこう決めてきた」
じゃあ絶対そういう一生なのかしら？
それじゃあ自由意志じゃないじゃない。
何事も常に変化するのなら、
いつだって変われるチャンスだってことでしょ？
さぁ、どんな変化を選ぶの？
あなたの人生の決定権を握ってるのはあなただ！！
あなたの変化は
天使たちも息を飲むほどの奇跡かもしれないよ。

10月5日
この前ね、急いで郵便局に行こうとしたんだけど、
普段なら自転車でパァ〜っと行くんだけど、
その時ちょっと使えなかったの。
で、「うわーー、急いでるのになーー！」って思いながら
テクテクと歩いて行ったらね、
近くの池にアオサギとコサギがいたの。
すーーっごいきれいでかわいかった。
堂々と首を伸ばした姿がなんだか凛々しいの。
その時に思ったよ。

「あ〜、自転車だったらこんな風に
じっくり見れなかったな」って。
それにちゃんと時間にも間に合ったし。(笑)
急ぎすぎると見えないものって、
きっといっぱいあるんだろうな〜、、、。
そう体感した一日でした。

10月6日
訳もなく、すんごく眠かったり、すんごく身体がだるい、
そんな時は無理をしない。
身体の言うことを聞いてあげよう。
それが自然のリズム。
エネルギーをたっぷり取り入れたりすると、
よくそういう風になる。
身体が「ちょっとゆっくりさせてよ」って
訴えてきてるの。調整するために。
もしゆっくりとできない状況ならば、
ほんのちょっとでいいからペースダウンしましょ。
いつも頑張ってくれている自分の身体に
愛を込めて「お疲れさん!」

10月7日
ねぇ、あなたの頑張っている姿を
誰も知らないと思う?
あなたの優しさに
誰も気づいていないと思う?
あなたの美しい思いは
すべてこの大いなる宇宙に響き、
そして記憶される。
あなたの美しい心が

この世界のさまざまなものたちを
美しいものへ変換させる力となる。
誰も見ていないと思う？
誰もが注目の的なのだ。
誰もがこの世界の重要人物なのだ。

10月8日
それはまるで
張りめぐらされた糸のようにつながっている。
どこでどんな風につながっているのかは
辿っていってはじめてわかる。
糸はそこでプツリと切れたように見えても
実は遠い遠いところまで
果てしなくつながっている。
ワクワクしながら辿っていこう。
それはまるで宝探しのように
子ども心をくすぐってくれる。
大丈夫。
宝の地図はちゃーんとみんな持ってるんだし。

10月9日
弱音を吐くな！　泣き言を云うな！
別にいいじゃない。どうしてダメなの？
一体いつからそう思うようになったの？
赤ちゃんは泣くよ。
子どもは悲しい時はそう言うし、
楽しい時は全身でよろこびを表す。
それしか知らないんだもん。
いつからか身につけた「本音」と「建て前」。
その結果、無理がタタッって苦しくってどうしようもなくなる。

だから無理するの、やめようってば。
但し約束ごと。
他人を故意に悲しませたり、
苦しめたり、困らせたりしないこと。
基盤はあくまでも愛。

10月10日
「あのねー、それでね、だからこういう風に思ったの」
・・・そんな友人の話を聞いた時、
彼女なりの気づきを得たのだ、ってことと
その気づきをしっかりと受け止めていることが
うれしくて仕方がなかった。
そうなのよ！
み〜んなちゃんと自分にとって必要なメッセージを
いろんな形で受け取っているのよ！
受け取ったものをどうするのか、それは自分次第。
思うままに行動してみて。怖がらずに。

10月11日
ウジウジと、言葉にしないで思い煩っていたことを
口に出して表現した時、
何ともいえない爽快感が得られる。
それは、その時がベストだったから、
とうとう口に出して表現した。
心に溜めていることがあるならば、
タイミングを見計らって
決して一時の感情に流されることなく、
自分を観察しながら表現してみよう。
そうすると、
うず潮のように渦巻いてとどまっていたエネルギーが

堰を切ったように流れ出す。
やっぱりエネルギーは流さなきゃ。

10月12日
ある時ふと、つまらないことに意地を張っていた自分に気がつく。
「つまらない」とは後から思うことであって、
意地を張っている時点では、それはとっても重要なことなのね。
そしてある時突然に、天井がスコーンと抜けたように、
意地っ張りだった自分に気がつく時が来たりする。
そして同時に、ものすごく肩の力が抜けたりもする。
さぁ、その時！
「あたしゃバカだった」とかなんとか、
自分を責めたり、後悔の海に飛び込んだりするのはよそうね。
誰もが云う言葉だけど、
「その時のあなたにはそれが１００％の選択だった」のだから。
後悔するかわりに、おもいっきし笑っちゃおうよ！！
そして「よくぞ気がついた、おりこうさん！！」の褒め言葉。

10月13日
何事も器用にサラリとこなす人。
ちょっぴり不器用で時間のかかる人。
器用でサラリの人、不器用な人を上から見下ろしていませんか？
不器用で時間のかかる人、器用な人を下から見上げて
うらやましがっていませんか？
早く出来ればそれはいいことなの？
時間がかかって遅けりゃそれは悪いことなの？
そもそも器用・不器用って何だそりゃ？
どっちでも、全部ひっくるめて、
あなたの愛すべき特徴だ。

10月14日
力入れて踏ん張って、
動かないように重いおもりまでつけて
そうしたらしっかりと立っていられると思ってたら、
それは逆効果だったりして。
力抜いて重いおもりをとっぱらって
ただそこに立っているだけのほうが、
強い風が吹いたって平気。
からだをうまく傾けて風に合わせる。
身軽だと柔軟にかわせるね。

10月15日
夜のお散歩をしていると、季節の匂いを感じやすい。
もうすっかり冬の匂いが漂っている。
なかよしの星に話しかける。
「おーーーい。私はここだよーー。元気だよーーー」
更なる力を送ってきてくれる。
マブダチのクスノキに愛を送る。
それ以上の愛を受け取る。
あーー、うれしいなー,,,。
いろんな存在が
私を愛で満たしてくれる。

10月16日
何をすればいいのかわからない。
どっちの方が自分にピタッとくることなんだろう。
そう悩んでいるのなら、やってみたら？
何をすればいいのかわかんないなら、
何でもとにかくやってみたらいいじゃない。
そうしたら何かが見つかるかもしれない。

どっちがピタッとくるのかわかんないなら、
どっちもすごくやりたいと感じることならば、
どっちもやってみたらいいじゃない。
いっぺんにやるのが無理なら、
順番にいっこずつやったらいいし。
ひとつじゃないといけない！なんて、
そんなルール、自分で作ってるだけでしょ？
それは欲張りだって？　いいじゃない！！
楽しいことはいっぱいあればあるほど、
自分の力になってくれるもん。

10月17日

庭に置きっぱなしにしていた植木鉢を移動した。
すごくツタを伸ばしていて、
グリーンが鮮やかできれい。
いつの間にか、
伸ばしたツタが地面に根を張っていた。
植物は
「もう充分伸びただろう。これ以上は無理だね」
なんて思いを持たないらしい。
常に成長し続ける。
成長を続けられる条件さえ揃っていれば、
いや、その条件が揃っていなかったとしても
広がっていこうとし続ける。

10月18日

晴れの日もあれば雨の日もある。
いつから雨がうっとおしくなったの？
小さな子供の頃、
雨が降ったらカッパ着て傘さして、

水たまりで跳ねて遊んだことはない？
傘をさすのが単純にうれしかったり、
長靴はくのがうれしかったり。
窓にしたたる雨粒の競走をしてみたり。
ため池に雨が降る様をじっと見たり。
それだけの理由で無邪気によろこべた。
雨はうっとおしいって、
意味をつけたのは自分。
今も、あの幼い頃も、
同じ雨が降っている。

10月23日

「ごめんなさい。私、ちょっと八つ当たりしちゃったみたい」
「悪かったわ。私、やきもち焼いてイジワルしちゃったみたい」
「ごめんね。私、かまって欲しくてワザとやったの」
「水に流してくれる？　私、素直じゃなかったわ」
自分のあやまちに気がついたら、
素直に認めて謝る潔さ。
それはまた新しい関係を生み、
あなた自身を大きくしてくれる。

10月24日

相手にわかってもらおうと、
押しつけてしまいがちな思いや考え。
その気持ちが強ければ強いほど相手は遠のいていってしまう。
押しつけているつもりはないのに。
さぁ、どうする？
じゃあさー、わかってもらおうとするんじゃなくて、
分かち合うつもりで話してみたら？
自分の話に相手はきっとこう答えてくれるだろうって

「期待」していると、
それとはちがった答えが返ってきた時に
自分が欲しい答えを引き出すために
やっきになったりしちゃって。
誰だってコントロールされたくないもんね。
それを思い出そう。

10月25日
きれいな夜空を見ていたら、
いっぱいきれいな星がキラキラと瞬いていた。
そのすぐ横を飛行機が
これまたキラキラと輝きながら通過していった。
乗っている人たちは知らないんだろうなぁ。
自分たちが星とおんなじようにキラキラしているなんて。
まさか誰かがそれを見て
星とおんなじようできれいだなぁって思ってるなんて。

10月26日
時には晴れわたった空。
まぶしいほどの太陽の光。
時にはしとしと降り続く雨。
風が出てきて嵐のよう。
時には雪が降り、
道は凍りつき滑りやすくなる。
それでも私はいる。ここに。
長い道を歩いていくにしたがって、
照りつける太陽の中では帽子をかぶり、
雨なら傘をさし、風が吹いたらコートをはおり、
雪が降ったら滑らないゴム長靴をはく。
ちゃんと対応しながら、

それでも私はここにいる。
このゆかいな場所にいる。

10月27日
星がダンスをしていた。
そしてその星たちの間を光がせわしなく駆け巡っていた。
どの星もすべてダンスをしていた。絶妙なタイミングで。
はは～ん、なるほど。
このダンスが音色を奏でているのか。
すべての星たちのダンスがそれぞれの音を発し、
完璧なタイミングで響かせる。
申し合わせたかのような星たちの絶妙なタイミング。
それが大きな大きなハーモニーとなっていて、
宇宙いっぱいに鳴り響いている。
地球もそうやっているんだな。
私もそうやっているんだろうな。
・・・さっき散歩で見てきた話。

10月28日
過ぎ去ったものをなつかしんでも
恋焦がれてはいけないように思う。
なつかしいなぁ～って思うのと
あの頃はよかった、あの頃がいいよ、っていうのはちがう。
人も、物も、環境も、あなた自身でさえも、
すべては移ろいゆく。
なつかしみ、これからの参考にするのなら、
過ぎ去ったものは大いなる財産となる。
追い求めるだけならば、
それは前進していこうとするものへの
ブレーキとなってしまう。

あなたならどっちにする?

10月29日
魔法の杖がある。
誰でもそれを持っている。
しかしうまく使わないとその効果を発揮しない。
ほら、よく見て。説明書が付いてるでしょ?
「笑いながら杖を振ろう」
「希望に満ちた瞳で振ろう」
「ハートに愛を輝かせて振ろう」
「落ち込んでるならもうあきらめて、
考えるのはやめて手放して、思いっきり杖を振ろう」
自分を信じてひと振りすれば、
魔法の光があなたを包み
あっという間に夢の世界。

10月30日
「しあわせになりたい」
いや、待てよ。
「しあわせになるぞ!」
ふーむ、いやいや待てよ。
「しあわせだ〜〜」
これだこれだ。・・・しあわせ三段落とし。(笑)
希望より決意へ。そして言いきっちゃう。
そのしあわせの匂いを嗅ぎつけて、
どこからともなくまた「しあわせ」がヒタヒタと忍び寄ってくる。
・・・でも決して無理して言わないでね。
自分の感情には正直に。
しあわせ三段落としをしたいなら、

自分が何に対して「にへら〜〜」ってするのか
よく観察してからね。
それがわかったら、その時にどうぞ。

10月31日
ひとつの目標を立てる。
その目標に向かって一歩一歩
自分のペースで歩んでいくならいい。
いつからか自分で立てたその目標が
自分の足を引きずらせる重しになっていたり、
自分を囲っている鉄格子になっていたりしないか。
「い〜いカゲン」で行こう。

メッセージ

その手の中に宇宙がある。その手の中に全てがある。
それはあなたが創造主である世界。
あなたの手によって生み出されし宇宙。
だからあなたが全てを知っている。
迷っても、つらくても、
あなたはその宇宙を創り出した、生み出した。
あなたはその脚本を書き上げた時、
うれしそうに、得意そうにしていた。
純粋なよろこびでいっぱいの表情をしていた。

ああ、苦難と思うなかれ。
それはあなたの、唯一あなたのための舞台。
あなたのために在る台本。
あなただけの崇高なる秘密の台本。
あなたは苦しみながら、喜びを感じながら、
その役を演じる。
あなたは偉大なる脚本家。あなたのための舞台。
だからあなたの思うままに演じ、
あなたの思うままに書き下ろせばよろしい。
そのひとつひとつの美しさ、素晴らしさ。
苦しみの中ですら、あなたは限りなく美しい。

さあ、思うままに演じてごらんなさい。
思うままに命を迸らせ、
輝きに満ちて舞台をやり遂げなさい。
あなたの満足感のうちに、
大きな拍手と歓声に包まれ、
あなたは再び静けさを取り戻すだろう。

世界を担う、魂たちよ。それぞれのその輝きを見よ。
その美しさにどれほどの存在が感嘆し、
愛を送り、慈しみ、見守っていることか。
あなたの舞台は素晴らしい。
どの人の舞台も素晴らしい。
演じているあなた方も素晴らしく美しい。
だから自信を持って、胸を張って演じなさい。
あなたの輝きを其処此処に振りまきなさい。

どんな舞台になろうとも、私は必ず拍手する。
最後まで目を離さずに、力の限り拍手を送る。

11月1日
やるべきことをやらずにグズグズとしていたら、
どこからともなく声が聞こえてきた。
「早くやりなさいよ」
「そんなことしてるヒマはないでしょ！」
声の主を探す。
見つけた。
それはおっきなキティちゃんのぬいぐるみ。
その目が私に言っていた。
ふっふっふ。わかったよ。
天使はどこにでもいる。
何にでもそのエネルギーは宿る。

11月2日
次から次へとこなしていこうと思っても
なかなかうまく進んでいかない。
うまく流れていかない。
ああ、そうか。
つまりタイミングがちがうんだ。
そういえばすんなりとこなしていくことばかりに
気を取られていたような気がする。
こういう時は「天使の休息」。
あせらないで、落ち着いて。
あなたのペース、あなたのタイミングを大事にね。
そう教えてくれている。

11月3日
それを見つけるために気持ちが焦る。
それを早くやり遂げたいがためにあわてて、
その手前で転んでしまう。

転んだ時、
もう二度と立ち上がれないんじゃないかと思う。
手はすりむけて、膝には血がにじみ、
立ち上がる力が湧いてこない。
ねぇ、転んだままでいいから、
まずは深呼吸して。
それから身体についた土埃をはらい、
すり傷の手当てをして、
それから「よいしょっ」の掛け声かけて、
そっと力を入れてみて。
ちゃんと立ち上がることが出来るから。
いっこいっこ順番に、ね。
もしまた転んだって大丈夫よ。
自転車だって最初から乗りこなせたわけじゃない。
だんだんとバランスが取れるようになっていく。
ある日いとも簡単に
乗りこなせるようになっているから。

11月4日

ああ、どうぞみんな悲しい思いなんてしませんように。
みんな楽しく朗らかに
笑って人生を歩んでいけますように。
笑っていても瞳の奥に
悲しみを宿した人がいなくなりますように。
もっともっとたくさんの人たちと
この愛を分かち合いたい。
この大きな深い愛に、みんなに触れて欲しい。
たった一人じゃないから。
少なくとも
私たちはあなたを愛している。

11月5日
その考えはあなたのものか。
その行動はあなたのものか。
純粋にあなたが心で感じ、
あなたがそうしたいと思ったこと。
それがあなたの真実。
最初のウソは誰かに対してじゃなく
あなた自身に対してのウソから始まる。
「ごめんね、ウソついて」
自分の真実にそう告白したら、
ほら、目の前に
青空が広がる。

11月6日
ちょっとお天気が続いてる。
まるで春がきたみたい。
これから続く寒い冬にくじけないように
「次にはこんなうららかな春がくるんだからね！」と、
大自然から励まされているみたい。
、、、でもさー、既に春の匂いがしたの。この間。
いつもよりだいぶん早い春の匂い。
あなたの旅にも春を呼び込もう。

11月7日
いつも力を入れてると、
力が入っていることに気づかないね。
そしてふと、「肩が凝ってるな〜」
なーんて思っちゃう。
だ〜か〜ら〜、力入れてたからだよ。
何かに熱中している時とかさ、

よく観察してみると足を踏ん張ってたり。
さぁさぁ「我に返る」練習しよ。
熱中からちょいと外に出て、
力入ってるのに気づいたら息を吐き出そう。
それだけで結構力抜けるよ。

11月8日
寒くて手が冷たくっても、
自分の夢見る世界を思う時、
みんなへの愛に心が満たされる時、
ハートはほっかほかになっている。
(焼き芋だって作れそうよ！)
湧き出る愛はとってもあったかい。
(温泉もメじゃないね！)
自分の愛でスイッチオン！
その偉大な暖房設備は誰の心にも設置されている。
そのあったかさは寒い寒い冬もなんのその。
体の芯まであっためてくれる。
自分のことも、誰かもことも。

11月9日
長い間慣れ親しんできたもの。
とうとうそれに別れを告げるべき時がきた。
次のステップを踏み出すために。
あまりに親しんでいたため、
それは自分の体にぴったりとはりついていた。
自分のクセのひとつになっていた。
だから気づかなかったのかも。
しかしそれ自身も、もう離れる準備が出来ているのだ。
それを引き剥がす時、

不安にかられ恐怖さえ感じるかもしれない。
血が流れ、痛みに顔を歪めてしまうかもしれない。
寂しくて涙を流すかもしれない。
それでも手放す必要があるのか！
、、、あるのです。
それを手放した状態の自分の軽やかさを忘れてしまっているだけ。
その軽やかさに身をまかせたら、
手放した時の苦痛もすべて過去へと遠のいていくでしょう。
その軽やかさが本来の自分。

11月11日
困った時は「召集、召集〜〜〜！！」
天使と緊急会議。
あなたの呼び声は必ず届く。
天使たちは必ず聴いている。
そして必ず集まってくれる。
ほら、もうこんなに集まってくれた。
さぁ、あなたの胸の内をすべて見せて。
何も恥ずかしがることない。すべて吐き出して。
あなたが天使とつながりたいと思うことは
天使たちのよろこび。
あなたが天使に相談したいと思った時、
すでにあなたと天使たちは大親友。
みんな誰にでもいるよ。天の大親友が。

11月12日
台所で洗い物をしていた。
水が跳ねないように腕まくりをして。
洗っている途中で右腕の腕まくりがずり落ちてくる。
サッと上に引っ張りあげてまた洗い続ける。

それでもまた落ちてくる。
2，3回やって、
仕方がないから手を止めて、しっかりと腕まくりし直した。
やっと集中して洗い物ができた。
一つのことを早く達成しようと思ったなら、
しっかりと準備を整えなきゃ、結局時間がかかっちゃう。
まずどんな準備をしたらいいのか、
それをこなしてからとりかかろう。
クリアすることに気を取られすぎて
その手前のことを見逃していませんか？
家事はスピリチュアルな気づきの宝庫！（＾＾）

11月13日
テレビで久し振りの人を見た。
年をとっていた。
顔にその人の生き方が現われていた。
それから自分の年のとりかたについて考えてしまった。
これから先の自分。
どんな自分になっているのか。
ふふふ。知ってるよ。
大好きな自分へばく進中〜。（笑）

11月14日
言葉で表現したり、行動で表現したり、動作で表現したり、
芸術で表現したり（カラオケだってOKよ！）、
表情で表現したり､､､。
方法はいっくらでもあるさ。
あなたが最も得意な方法で、もしくは一番好きな方法で、
あなたの気持ちを表現すればいい。
無理をした方法だと、なかなか相手に思いは伝わらない。

あなたがバッチリ好きな方法なら、
無理なくあなたのすべてが伝わる。
それにほら、
あなた自身おどろくほど素直になってるでしょ。

11月15日
よく聞く話。
皆が実しやかにささやいている。
しかし最初に受け取った情報は時々刻々と変化していくの。
すべては変化の中にある。
例外はないのだ。
世界も、あなたの考えも、あなたの細胞も。
かの大予言がもたらした大きな集合意識のうねりも
命がけでクリアした地球。
あなたが私たちと運命を共にすることを選択したように
少数精鋭の私たちも
あなたと運命を共にすることを選択している。
もうすでに、決めている。
それはあなたが示してくれたと同じ愛。
何も求めることのない愛。
そしてそれは大きなうねりとなり、
変化し進化する。
たくましくあれ、天使たちよ。
これは私の中の真実。
天使は、いのちがけ。

11月16日
ただの石っころだと思って、
そこらへんにポイッて放り投げておいたんだけど、
ある時何となくその石っころが気になって

手にとってちょいと磨いてみた。
するとおどろいたことに
その石っころはダイヤモンドの原石だった！
びっくりするやらうれしいやら。
そしてそのダイヤモンドが納まるべき場所にそっと置いた。
発見されたことがうれしいのか、
ダイヤモンドはますます輝きを増していく,,,。
あ、これ、ハートでのお話ね。

11月17日
出来なかった理由をあれこれと説明しながら、
ふと目に浮かんだ。
「やらなきゃな〜」と思いながら、
のんびりのほほんとちがうことしていた自分の姿。
　・・・やろうと思えばやれたんじゃない！
「出来なかった」んじゃなくって
「やらなかった」だけじゃないの。
「やろうと思えばやれたんだけど、やる気が湧いてこなかった」
これが真実なんじゃないの？
　・・・私の中の天使は容赦しないらしい。（笑）
指摘される前に訂正しよっと。

11月18日
波は、日によってさまざまな形へと姿を変える。
いいお天気でさざ波の日もあれば、
雨が降ってシケている日もある。
心地良い波の時もあれば、
荒れ狂い襲いかかってくるかのごとく見える時もある。
それはまったく別物に見える。
でも、成分は同じ海なのよね〜。

まったく同じものが形を変えているだけ。
荒れ狂っている場所の（地球の）裏側は
穏やかな海だったりする。
それは一つのものからなり、つながっている。
海という共通のもの。
姿に惑わされないようにしようね。(＾＾)

11月19日
自覚があろうがなかろうが、
大きな変化の波に向かって懸命に水をかき、
うまく乗りこなした後っていうのは
ボーゼンとしていたり、何にもやる気が出なかったり、
不思議に落ち込んだり。
（そりゃエネルギーを注ぎ込んだからね。当たり前だ）
自分の心がいつも弾んでいないといけないみたいに
みんな躍起になってハイテンションの自分を
一刻も早く取り戻そうとしたりする。
「こんな調子じゃいけないわ！」って。
・・・ちょいとお待ちを。
わけもなく沈んでいると思っているかもしれないけれど、
実はちゃ〜んとしたわけがあるかもしれないよ。
もしくは「波乗り後」じゃなくて、来たるべき変化の波に備えて
ベストのコンディションとポジションを確保するための
ハイヤーセルフからの贈り物の時なのかもしれないよ。
心と体の声聴いて、呼吸を合わせたら
ずっと楽なんじゃないかしら。

11月20日
カッカカッカときて、
苛立ちがピークに達し、爆発寸前。

ストーーーップ！！！
そのまま続けたんじゃ、更にカッカときてしまうことが
徒党を組んで足並み揃えて押し寄せてきちゃう。
どんなに急いでいても、はい、休息。
ノビしてコーヒーでも飲んで、
あなたが「そんなことしてるヒマないよ！」って思うことをして、
それから取りかかろう。
その方がスムーズに事は運ぶ。
ふふふ、これが「天使の休息」の極意。

11月21日
手をぶつけた。
痛い。動かしたら痛い。
それなら手を使わなきゃいいでしょうが。
その通り。
ということで今日は短く終わり。（笑）

11月22日
じゃあ結局何にも変わらないの？
いいや、そんなことはないんじゃない？
何かしら行動を起こしたら、
それには必ず何かがついてくる。
それは大きくても小さくても変化であることは確か。
最初描いてたのとちがう結果になったとしても
「行動した」という事実はあるのだ。
さあ、その行動には何がついてくる？
さあ、どんな意味をつけたいの？
その行動に広がりをもたせるのも
脚本家の思惑ひとつ。
私たちはこれからもシナリオを書いていく。

自分のためのシナリオを。

11月23日
それはものすごく年代物の骨董品。
発掘調査を進めていくうちに
深く深く埋まっているのを発見された。
あなたにしかわからない骨董品。
その骨董品をいよいよ手放す時がやってきました。
大切にしまっておく必要がなくなったからです。
今のうちにそれを手にとって
感触を味わっておいて下さい。
それが作られた時のことをしっかりと思い起こして。
なぜならもう二度とここでそれに出会うことはないだろうから。
それを作ることもないだろうから。
その骨董品は天使の手によって
天の博物館へと納められるでしょう。
いつか博物館で目にしたら
あなたはきっとにっこり微笑むでしょう。

11月24日
またやってきた。
ムクドリのグループが毎年近所へ巣づくりにやってくる。
まだまだ仕事にとりかかるのではないだろうが、
巣づくりの下見といったところだろうか。
そして巣を作り、ヒナが孵る。
親鳥はせっせと餌を運び、
やがて大きくなったヒナは巣立つ。
うちの近所出身のムクドリはどのくらいいるのだろう。
その血筋はずっと続いていくんだろうな。
そしてこれからもここに帰ってくるんだろうな。

11月25日
厳しい寒さの中を、一人とぼとぼ歩く。
孤独なのか？　不安なのか？
よく見て。
青空に真っ白な雲。
紅葉し始めた木々。
響き渡るヒヨドリの歌声。
通りを横切る猫。
みんな見ている。
みんなあなたの心の声に耳を傾けている。
そしてエールを送っている。
「心配ないよ。一人じゃないよ」
「みんな応援してるよ」
「ほら、世界はこんなに美しく広大なんだよ」
・・・いつしか、
足取りは軽くはずむ。

11月26日
まるで冬眠するみたいに眠気が襲ってくる。
おいおい、クマじゃないんだから！
眠たい理由はわかってる。
朝からすごい勢いで充電しているから。
その勢いに身体がまだついていってないだけ。
たっぷり眠ったら
また生まれ変わってる。
さあ、ねよ。

11月27日
やあやあ、こんにちは。
ようこそ、新しい私。

昨日までとも3時間前までともちがう私。
いつも魂の奥深くから渇望していた私。
ずっと思い描いていた通りの私。
やっとそんな私に出会えたね。
やっとそんな私を表現出来たね。
あなたが生まれ変わるたびに、
毎瞬変化していくたびに、
この大いなる宇宙から
あらゆる存在から
祝福の声が届く。
「おめでとう。さあ、楽しい旅を」

11月28日
ジェットコースターがゆっくりと登っていく。
カタカタいわせながら、山の頂上へと上がっていく。
頂上へたどり着くと、滑り降りていく前に、
静寂の間がある。
後退するでもなく前進するでもない間。
ただそこにいるだけの時間。
その時には頂上からの景色を眺めよう。
後ろじゃなく、すぐ目の前じゃなく、
その先に広がっている景色を
視野を全開にして眺めよう。
そしてあとは勢いに乗って
スピードをぐんぐんと上げながら、
滑り降りていくだけ。
うまくバランスとりながら、
そのスピード感とスリルを楽しむ。

11月29日

どうしようかなぁ。
こうするか、ああするか、
どう動くべきなのか、あれこれ考えて迷う。
わーっはっは､､､｡
とりあえず笑って考えるのをやめることにした。
ま、その時までにははっきりするだろう。
自分にとってベストだと思えるのはこっちだ！
そう断言できるだろう。
あんまり考えると頭が働かせすぎ、ってんで
「労働基準法に違反だぞ！」って訴えるかもしんないし。（笑）

11月30日
さぁ今日で１１月も終わり。
あっという間だったな。
振り返るとあっという間だったと思うけど、
その「あっ」にはいろんな経験が刻まれているんだ〜。
いっぱい楽しんだり、いっぱい怒ったり、
いっぱい泣いたり、いっぱい心配したり、
そしていっぱい笑ったり。(＾＾)
すべての存在たちに「いろんないっぱいをありがと！」
そして自分にも「よく頑張ったね！おりこうさん」
さぁ、深みを増し、輝きを増していく魂たち、
「Rock'n Roll〜！！」

メッセージ

あなた方に言う。なぜ光を求めないのかと。
光は至るところにある。
それなのにあなた方は見ようともしない。
それはなぜなのだ。
光を見ようともしないばかりか
あなた方自身の光さえも無視し続けている。
なぜ認めようとしないのか。
それなのにあなた方は不満をつのらせ口走る。
「ああ、私は不幸だ。孤独だ。」と。

その思いから抜け出すには、
まず自分が光の存在であることを認めるのだ。
あなたが自分の中の光を認めるならば、
あなたは同じものを周りの人の中にも見出すことができ、
その時やっと不幸や孤独感から解放されるのだ。
その光は、あなたやあなたの周りの人々の中だけでなく、
この地上の自然、月、地球、星たち、宇宙、
全てに宿っているのだ。
この世界に光を宿していない存在などあり得ない。
なぜならこの世界自体が光から成っているからだ。
だからこの世界にいるあなた方も、
あなたがどんなに拒否しようとも、
光を宿していることになる。

それは、その光は、
あなたが優しさに触れた時、
あなたが愛を語った時、
あなたが誰かに手を差し延べた時、

あなたが喜びを感じた時
あなたが平和を願った時
あなたが愛した時、
あなたのハートで、あなたの瞳の中で、
誰かのハートで、誰かの瞳の中で、
美しく永遠に輝いていく。
その輝きは失われることなく、
この宇宙で響き合ってこだまする。
幾重にも幾重にもこだまする。

1月1日
新しい年、新しい世紀。
昨日から今日になっただけなんだけど、
何かがちがう。
それは今までの新年とは明らかにちがう。
さぁてと、飛ぶとするか！！！（＾＾）

1月2日
のんびりと
ただのんびりと過ごす。
そうしてだんだんと身体を慣らしていく。
・・・21世紀へ。

1月3日
ことばを口にしなくとも
魂同士で会話できる。
ほら、ちゃんと伝わるでしょ。
実は誰でもできること。
ねぇ、試してみて。

1月4日
21世紀の幕開けと共に、春がやってきた。
部屋の窓から眺めると
吹き荒れる木枯らしのように見える風も、
外に出て感じてみると
春の息吹が香る甘い風。
見るだけより感じてみよう。
あーだこーだ言うよりも、飛び込んでみよう。

1月5日

半月を見た。きれいだった。
欠けている月は完全ではないのか？
いいえ、それは完全なもの。
光が当たって輝いている部分が
満月のように姿全体ではないだけ。
輝いている部分は少なくても
それは完全な姿。完璧な存在。

1月6日
青々とした木々の間を歩く。
どこからともなく小鳥が飛んできて
私の肩にとまる。
食べていた果実をそっと差し出すと、
小鳥は臆することなく小さな細いくちばしでついばむ。
そのまま一緒に木々を抜けると広い草原。
花が咲き、蝶が舞い、青空が広がる。
小川のせせらぎ、ざわめく草木。
どこからか集まってきた仲間たち・・・。
あらゆる人種。あらゆる動物。
手をつないで輪になって、歌い踊る。
春の陽射しの中、輪はぐるぐるとまわる。
楽しさがはちきれそうな集い。
・・・いつからか、私が思い描いているビジョン。
私の知っている世界。
私の生きたい世界。
ねぇ、一緒に輪になって踊りませんか？

1月7日
マイペースは強い。
マイペースはまわりに左右されない。

誰かの言動に一喜一憂しない。
誰かがどうにかしたからって、それはその人の道。
マイペースは自分の道をまっすぐに歩むだけ。
自分の頭で考え、自分のハートで感じ、自分の選択を成す。
自分で責任を持って旅を続ける。
それがマイペース。
マイペースで自分の行きたいとこに行こ！

1月8日
雪が降った。
少しだけ屋根に積もった。
しんしんと舞い続ける雪。
天使が真綿をちぎって投げてるみたい。
その雪がこころの中の汚れにも降り積もる。
屋根の上みたいに。
雪が溶けると、
屋根もきれいになっている。
こころに積もった雪は
こころの汚れも一緒に洗い流してくれるだろうか。
こころのしこりも一緒に溶かしてくれるだろうか。
天使が、そっと微笑んだ。
・・・明日は晴れ。
こころの天気予報。

1月10日
無理をしないということは
自分に正直だということ。
自分のこころにウソをつかないということ。
でもね、
どっちだっていいんだよ。

たまに無理してみたっていいの。
その時その瞬間の
こころの声に従ってみよう。

1月11日
ある時突然に理解する。
すべてが符合する。
わからなかったパズルのつながりが
いとも簡単に見えてくる。
そして
すらすらと解いたパズルから
完成したパズルから浮き出す絵に
驚嘆し感激し見入る。
畏怖の念を感じながら。
その偉大なものと自己に
愛を感じながら。

1月12日
満潮の海のように
深みを湛えていた情熱が
干潮の海のように
見る見るうちに引いていく。
そのことを責めないで。
満潮の時には覆い尽くされて見えなかった
きれいな貝殻や小さな生き物たちが、
干潮になると
岩の隙間や潮溜まりから発見される。
あなたの情熱の波が引いていった時、
何かとっておきのものが発見できるかもしれないよ。
変化したら目を凝らして眺めてみよう。

1月13日
幼い頃に感じたもの。
不思議だったり、どうして？　って子供ながらに疑問だったこと。
それはピュアなハートの声だった。
大人になると
その疑問や不思議に思えることを
割り切って無理矢理納得させたり。
では幼い頃のピュアなハートの声は消滅してしまったのか。
ううん、決して失われはしない。
あなたのハートの片隅に
今もしっかり待機している。
ことあるごとにつぶやいている。
「ねぇ、きいて！」
あきらめることなくそう言っている。

1月14日
調整が必要な時がある。
一種のチューニングと言えるのかもしれない。
チューニングの仕方は人によってさまざま。
感情が高ぶり、涙する。
文字通り「はしが転んでもおかしい」。
(そんな年頃じゃなくっても？　笑)
それほど腹立たしいことか？　と自問するほどの怒り。
風邪引いたりして体調が思わしくない。
・・・すべては一時のことさ。
そうやってあなたのこころと身体は
あなた独自の方法でチューニングしている。
周波数がセッティングされたら
さなぎを一皮脱ぎ捨てた自分がいるから。

1月15日
それがそこにある。以前にはなかった。
しかしなかった時のことは
今となっては遠い記憶。
でもね、思い出してみて。
今はそこにあるのが当たり前になっているけど、
なかった時もあったんだよ。
それはそこに、
なかったらなかったで、それなりだった。
でも今、
それがそこにあることによって
どれだけ変わった？
なかったらないで、それはそれなりかもしれない。
でも、そこにある。
そこにあることとないこと・・・そのちがいを
今一度しっかり見てみよう。

1月16日
最近の寒さときたら、ハンパじゃない。
頭からスッポリと覆面をかぶってしまいたいくらいだ。
でないと自転車に乗った時なんて
耳とか鼻とか凍ってバキッととれてしまいそうだ。
夜散歩している時思う。
野鳥たちはどうしているんだろう。
夜だけうちの中に泊まっていけばいいのに。
そして朝になったら外に出て、
また寒い夜にはうちの中で暖をとる。
いつでも提供するのにな〜｡｡｡
「野鳥のお宿：空室あり」

1月17日
やっぱり21世紀ってすごいな。
なじむのに少し時間がかかったけど、
なじんだらもう楽ちんだ〜！
いっぱいサポートされてるし、
スイスイ泳いでいけるみたい。
ラクしたかったらラクするのが一番。
変化もラクラクがいいわ〜。(＾＾)

1月23日
みんなで見た花火。
とってもきれいだった。
そこにはひとつのものに感動している一体感があった。
肌の色も、言葉の違いも、何もかも関係なかった。
ねぇ、私たち地球人は
こんなにもひとつになれるんだよ。
美しいハートを共有できるんだよ。
こんなにひとつになれるんなら
私、いくらでも花火を打ち上げたいよ。
世界中いたるところで花火を打ち上げようよ。
私のハートには
あなたたちと共有した美しい輝く愛の花火が
まだまだ咲いている。
暗闇を照らし出す花火が。
・・・みんなに伝えよう、
この花火の美しさを。

1月24日
たまにね、「さぁさぁ、どうするっ！？」って
突きつけられることってあるのよねー。

それは自分がクリアすべきものなんだよね。
あたふたしたりするんだけど、
実はそうくるってのは知ってたことだったりするんだな。
ハートの深いところでは
ちゃ〜んと感知してたことなんだな。
(確証のない、波に向かっていく予感ってない?)
そうなったらもう覚悟を決める、腹をくくるしかない!
でもそんなに大袈裟に考えなくても大丈夫。
突きつけられるってことは
クリア出来るからってことだもの。(^^)
ま、先送りするのも自由だけどね。

1月25日
朝散歩しながら
「聞こえてるー?」って心の中で言った。
帰ってくると、
家の前に鳥たちがたくさん来ていた。
なじみの仲間たちが全員集合。
うれしかったなぁ〜。
やっぱりちゃんと聞こえてたんだ。
やっぱりちゃんと繋がってるんだ。
みんなでお祝いしてくれた。
今までの天からのプレゼントで
一番うれしいものだった。
みんな、ありがとう!!!

1月26日
朝からどんより曇ってて雨だし、すっきりしないし、
ミクちゃんはごはん食べないし、
どよ〜んって感じが、、、。

で、そういう気分にさー、今は浸りたくないんだよね。
だから朝から陽気なハワイアンかけてみた。
これがノッてくるんだよね〜。
気がついたら曇り空は消えて、
スカーッと晴れ渡った空で
ハイビスカスがきれいに咲いてて
青い海が目の前に広がってる。
・・・・・。
ハートはそんな気分になりたがってたのさ。

1月27日
初めて何かをする時のドキドキした感覚。
ワクワクした気持ち。
ううん、そんなんだけじゃなくって
特有の雰囲気・ニオイ・バイブレーションがある。
時々、その感覚がふと甦ることがある。
それは始まりの合図。
混沌とした中で突然生じるあの感覚。
・・・よし。
さあ、遊びの地図を広げてみよう。

1月29日
どうしたの？　困っちゃったの？　悩んでるの？
（しばらくの間）
まだ悩んでる？　いろいろ考えてみた？
（しばらくの期間）
その後どう？　答えは見つかった？
何？　見つからない？
「ピピピピ〜〜〜〜ッッ」（ホイッスルの音）
はい、そこまでーーーーー！！

考えるのやめ〜〜〜〜〜！！
それだけいっぱい長い間、
考えて苦しんで考えて､､､一生懸命考えたんでしょ。
それで答えが出ないなら、
ちょっと考えるのやめてみようよ。
やめてみて、
それからさ、違う角度から見てみたらどうかな？
その問題の答えは見つかんないかもしれないけど、
ちがうもの発見するかもよ？！

1月30日
宝探しをやってて、
「はい、そこを右。次を左。まっすぐ行って右。そこにある」
そうやって教えられてもねー､､､。
つまんないゲームだと思いません？
もしくは自動操縦の車に乗れば
宝の山に３分で着いちゃうとか、
それもぜーんぜん面白くないわ。
やっぱ、あーだこーだ言いながら、
自分の足で探したいよ。
迷った時には宝の地図を見て、
たまに通りすがりの人にヒント教えてもらったりしながら。
そうやってみつけた宝の山は
うれしいだろうな〜って思うんだ。

1月31日
のんきがいい。
あせってあわてるのも必要なことかもしれない。
でも、何かを見逃してしまいそうで。
「わたし時間」でしっかりと見渡そう。

メッセージ

それは名も無き花なれど、
私の愛しい子であり兄弟姉妹であることに間違いはない。
姿形がその全てを語っている。
それはどの花とも大きな違いがあるわけでもない。
しかしその全てがそう訴える。
私は言う。その花は確かに私の子であると。
それと同時にその花は
全ての母であると。
そしてまた私は言う。
その花とはあなたのことであると。
あなたは自分の力を知らない。
口ぐせのようにつぶやく。
この小さな私に一体何が出来るのかと。
ならば言おう。

あなたがある人に道を訊ねられた。
あなたはそのハートから迸る愛に乗せて
その人に道を教える。
あなたにとってはそれだけの出来事。
しかしその道を訊ねた人は、
あなたの愛をその答えと共に受け取り、
次に行った店で愛を込めてそこにいた人と会話をする。
そこにいた人はその愛を受け取り、
その店を訪れた人々へ愛を持って接した。
訪れた人の中の一人は教師で、
ハートに愛を輝かせながら子供たちへと語り教える。
さらにもう一人は家路につき、
何も言わずにただ我が子を愛と共に抱きしめた。

その輝く愛を、子供たちが受け取った。
やがて
その子供たちは成長し、
受け取った愛を忘れることがなかった。
世界はいつの間にか、
愛を中心に回る仕組みへと変貌していた。

さぁ、この物語を聴いてあなたは何を思う。
それでもあなたは小さな、
何も力を持たない存在だと言えるのか。
全ての花たちよ、
その香りを其処此処へと振り撒いておいで。
やがて、その香りを全て含んだ
豊かなるいのちが実を結ぶ。

わんたのさがしもの

ある世界のあるところに、わんたは住んでいました。わんたはコロコロのこいぬです。フワフワの白い毛、クリクリまんまるの目、まっくろのお鼻、耳はペタンとたれていて、しっぽはクリンと巻いています。わんたは赤ちゃんのときから今のおうちに住んでいました。わんたはちょっとわんぱくな男の子でしたが、とってもやさしい子だったのでお友だちがたくさんいました。

　わんたのおうちにはおかあさんとにわとりのコウじいさんがいました。コウじいさんはわんたが赤ちゃんのときにはもうおうちにいました。ずーっとおうちにいたのです。コウじいさんはいろんなことを知っていました。わんたはいつもわからないことはコウじいさんに教えてもらいます。

　ある日わんたは森の中へ遊びにいきました。わんたは森の中のいろんなにおいが大好きです。はっぱのにおい、木の実のにおい、草のにおい、小川のにおい、お花のにおい、動物たちのにおい。いろんなにおいをクンクンと嗅いでまわります。森の中を流れる小川にでました。サラサラと気持ちいい音がします。その先には湖があります。わんたは湖のほうへトコトコと歩いていきました。湖は小さなわんたにとって、海のような大きさです。ふと目をむけると、カルガモが楽しそうに泳いでいました。
「わ～カモさんだ。楽しそうだな。ねぇカモさん、何しているの？」
「あらこんにちは、わんたくん。私は子供たちにえさのとり方を教えているのよ。私はおかあさんだからね」
見るとおかあさんガモのうしろに何羽かまだ小さめのカモたちがくっついて泳いでいます。おかあさんのマネをして、いっしょうけんめい水に首をつっこみ、えさをとろうとしていますがなかなかうまくいかないようです。
「ねぇ、カモさんの子どもたちはカモさんと姿がちょっとちがうね。羽根の色もぜんぜんちがうし、大きさもちがう」
わんたは不思議に思ってきいてみました。

「そりゃそうよ。子どもの時はぜんぜんちがうの。でもこの子たちも大きくなったら私みたいにりっぱな羽根になるのよ」
わんたはなるほどと思い、カモさんにしっぽをふってお別れしました。わんたはおうちへと向かいながら思いました。
（そうか、それでボクとおかあさんも似てないんだな。ボクがまだ子どもだからなんだ。もう少し大きくなったらボクもおかあさんみたいになるんだ）

家に帰ると、おかあさんがわんたを待っていました。わんたはうれしくておかあさんに飛びつきました。おかあさんもにっこり笑ってわんたのことを抱きしめてくれました。
「おかあさん、ただいまーー！！　ボクはもっと大きくなったら、おかあさんと同じくらいに大きくなって、おかあさんそっくりになるんだよ！」
「はいはい、おかえり。わんたくんはどこで遊んできたの？楽しかったの？　さあ、ごはんにしましょうね。・・・足がどろんこになってるじゃない」
おかあさんはわんたの足をやさしくふいてくれました。そしてごはんを持ってきてくれて、わんたはおなかいっぱい食べました。わんたはすっかり満足して、床でゴロンゴロンと転がりました。そこへにわとりのコウじいさんがやってきました。
「やあ、わんた。何がそんなにうれしいんじゃ？」
「あのね、ボク、大きくなったらおかあさんとそっくりになるの！」
「・・・わんた、それは無理じゃよ。わんたとおかあさんはちがうんじゃよ」
「えっ？　どういうことなの、コウじいさん！？」
わんたはさっきまでの楽しい気持ちがいっぺんに吹き飛んでしまいました。

自分のいつものお布団にくるまって、ぽかぽかあったかのわんたですが、今夜はなかなか眠れません。すっかりごきげんだったわん

たに言った、コウじいさんのことばがわんたの頭の中をぐるぐるとまわっています。
「ボクとおかあさんがちがうって、いったいどういうことなの？　コウじいさん！」
「わんたが大きくなっても、おかあさんとおんなじにはならんということじゃ,,,」
「どうして？　カモのおかあさんが言ってたよ。子どものうちはちがうけど、大きくなってくるとだんだんそっくりになってくるんだって,,,」
「それは親子じゃからな。カモのかあさんが生んだコガモたちだからのう。わんたや、お前さんはおかあさんが生んだんじゃないのじゃよ」
「・・・・！！,,, うそだ、そんなの！　コウじいさん、びっくりさせないでよ！」
「それならおかあさんに聞いてみるんじゃな。わしはこれ以上は何も言わんよ」
わんたは大いそぎでおかあさんのところへ走っていきました。
「おかあさん、おかあさん！　ボクを生んだのはおかあさんだよね！？」
「あらあら、わんたくん、どうしたの？　そんなに走ってしっぽをふって,,,。かわいいかわいい、わんたくん。だーいすきよ！　よしよし,,,」
「ねぇ、おかあさん、教えてよ！！」
「さぁさぁわんたくん、もうそろそろねんねしようね。お布団に行きなさい」
おかあさんはわんたくんに答えてくれませんでした。それがわんたくんにはとてもショックだったのです。答えてくれないということは、もしかしたらコウじいさんの言ったことは本当だったのだろうか,,,。わんたはずっとあれこれと考えて、気がついたら空が白みはじめていました。そのころやっとわんたは眠りにつきました。

いつもより少し遅くに起きだしたわんたは、おかあさんが用意してくれた朝ごはんを食べて、森の中へ行くことにしました。だれかがわんたとおかあさんのことについて知っているかもしれません。森のみんなに会ってきいてみようと思いました。トコトコと森の中へ入っていったわんたは、いつものように森のにおいを楽しみました。きれいなお花が咲いています。わんたはクンクンと鼻を近づけてお花の香りをたっぷりとかいでいました。
「あら、わんたくんじゃないの！　すっかり大きくなったのね。それにとっても元気そう！」
声のしたほうをみると、草のしげみに少し茶色がかった大きな目をしたうさぎがいました。
「やあ、こんにちは。あなたはだれ？」
「わたしはチャリー、野うさぎのチャリーよ。よろしくね！」
「どうしてボクのこと知ってるの？　会ったことないよ」
「ふふふ。そうね。あなたはとっても小さい赤ちゃんだったから、わたしのことをおぼえていないわよね。わたしは知ってるわよ」
野うさぎのチャリーはピンク色のお鼻をヒクヒクと動かして、うれしそうにおおきな瞳でわんたのことをじっと見ています。時おり自分のからだに鼻を近づけてヒクヒクにおいながら。
「ねぇチャリー、教えてよ。ボクはおかあさんから生まれたの？」
「あなたはおかあさんから生まれたんじゃないわ。あるとってもお天気がいい春の日にこの森の中にいたの。そりゃあ森じゅうがおおさわぎになったのよ。そこへ今のおかあさんがやってきて、あなたのことを連れてかえったの。かわいい、かわいいって抱きしめながらね。それからわたしたちはおかあさんの家にようすをのぞきに行ったりしたわ。窓からながめると、おかあさんはそりゃああなたを大切に大切に育てていたわよ。あなたのこと、みんなで見守ってきたんだから」
わんたはすっかりおどろいて、そしてがっかりしました。野うさぎ

のチャリーに別れをつげると、だらりとしっぽを下げ、トボトボとまた歩きだしました。
(やっぱりボクはおかあさんから生まれたんじゃなかったんだ。ほんとうのボクのおかあさんはいったいどこにいるの?)

　歩いているうちに、だんだんと空には黒い雨雲が立ちこめてきて、しまいに大粒の雨が降りだしました。わんたはびしょぬれになりながらも、トボトボと森の中を歩いていきます。
「おい、そこの！,,,おやおやこれは、わんたじゃないか！いったいどうしたんだい？　そんなにずぶぬれになっちまって、カゼをひいちまうぞ！　さぁ、こっちの木の下へおいで！　おい、いったい何があったんだい？　すっかりしょぼくれちまって」
声をかけたのはくまのおじさんでした。大きくてたくましいがっしりとした体からは想像もつかないほど、やさしい声のくまさんです。ずぶぬれになったわんたの体を、いっしょうけんめい自分のかわいた体をこすりつけてふいてくれています。
「いつも元気に走りまわっているのに、今日はどうしたんだい？何かあったのか？」
「,,,おじさんはだれ？」
「おれはくまのジョーだよ。この森では正義の味方で通ってる。いじめっこやいたずらをするやつをしかって、みんな仲良く暮らすように見張ってる。わんたくんもだれかにいじめられたのかい？　そんならおれがしかってやるぞ！！」
「ううん、ちがうよ。だれにもいじめられたりしてないよ。それよりあのね、ジョーおじさんはボクのほんとうのおかあさんのこと、知ってる？」
「いや、知らないよ。しかしわんたくんにはちゃんとおかあさんがいるじゃないか」
「おかあさんはボクのほんとうのおかあさんじゃなかったの。ボクはおかあさんから生まれたんじゃないんだって。だからボクが大きく

なってもおかあさんとおんなじにはならないんだ、、、」
そこまで話すとわんたのまんまるの目から、大きな涙が流れ落ちました。空から降ってくる雨粒みたいに、どんどん流れ落ちていきます。わんたはとっても悲しい気持ちがこみ上げてきて、とうとうワーーッと声を上げて泣きだしました。
「なあ、わんたくん。何がそんなに悲しいんだい？　大きくなっておかあさんとおんなじにならないからか？　今のおかあさんとほんとうのおかあさんはどこがちがうんだい？　いっしょうけんめいわんたくんのことを育ててきたんだよ」
「ボクとおかあさんがおんなじじゃないなんて。ほんとうのボクのおかあさんならボクとおんなじなんでしょ？　ねぇ、どこにいるの？だれか知ってるの？」
「・・・そうかい、わかったよ。おれは知らないが、きっとあの人なら知ってるさ」
「だれ？　どこにいる人なの？」
「このまままっすぐ森のなかを歩くんだ。そうしたら池がある。そのそばに大きな大きな木がある。この森でいちばん大きな木だよ。その木の上に住んでいる。下から大きな声で呼んでごらん。名まえはグランマ。この森で一番何でも知っている。たいていのことはグランマが教えてくれるさ」
「ありがとう、ジョーおじさん！」
「なぁ、わんたくん。ほんとうのおかあさんというのは、、、おい、、、」
まだくまのジョーおじさんは何か言っていましたが、わんたは飛び出して走っていきました。もう待ってはいられません。はやくそのグランマという人に会って、わんたの本当のおかあさんのことを教えてほしかったのです。

　いつのまにか雨がやみ、やわらかな日ざしが雲の間から顔をのぞかせていました。わんたはくまのジョーおじさんに言われたとおり、まっすぐに森の中へと歩いていきます。

（まだかなー。池があるって言ってたけど、何にも見えてこないよ）
　わんたは少し心細くなってきました。頭の中に浮かぶのは、いつも笑顔でわんたがかえってくるのを迎えてくれるおかあさんの顔でした。少しわんたは泣きそうになりました。その時ようやく池が見えてきました。まわりには緑色の草がおいしげり、花が咲いています。色とりどりのちょうちょが花のまわりを飛びまわっています。池の水はとてもきれいに澄んでいて、時おりお魚がはねるような音がします。わんたは池をのぞきこんで見ました。そこにはまっしろでフワフワの毛にだらんと下がった耳、くりくりまんまるの大きな目にまっくろい鼻をした、わんたの顔がうつっていました。おかあさんとはぜんぜんちがう顔です。そして元気のない顔でした。わんたは池にくるりと背をむけて、大きな木を探しました。木はすぐそばにありました。それは今までに見たこともないほどの大きさで、ジョーおじさんの言っていたとおり、この森で、もしかしたら世界中でいちばん大きい木かもしれないと思いました。木の幹はとっても太く、さっきのくまのジョーおじさんの何倍もあります。わんたは木を見上げました。わんたからはるかかなたに枝がたくさん突きだしており、緑色のきれいな葉っぱがたくさんついています。これだけたくさん葉っぱがあれば、きっと雨が降ってもこの木の下には雨は落ちてこないんだろうなと、わんたは思いました。
　わんたは一度大きく息を吸い込むと、木の上に向かって大声で叫びました。
「おおーい！！　グランマさーーーん！　そこにいるのーーーーー？」
耳を澄ませましたが何も聞こえません。
「グランマさーん！　ボク、わんたです！　聞こえますかーーーー！？」
ガサガサッと音がすると、枝から一羽のきれいな小鳥が飛びたちました。わんたはまだ聞こえないのかと、もう一度叫びました。
「グランマさーーーーん！！　そこにいるのーーーーーーー！！？」
「ふふ、まったく元気のいい子ね、わんたくんは。聞こえたから降りてきたのよ」

わんたはびっくりしました。見るとそこにはさっき枝から飛びたった、とてもきれいな色をした小鳥がいます。頭は真っ赤でノドは黄色、羽根はまっしろでしっぽが青色。その姿はとても美しく、ほっそりとした体から気のせいかとてもいいにおいがしてきます。
「こ、こんにちは。ボクわんたです。あなたがグランマさんなの?」
「そうよ、わんたくん。よくきてくれました。さぁそこにすわって」
わんたは言われたとおりに大きな木の根もとに腰かけました。わんたはこのきれいな小鳥が森の中で一番の物知りなんて、少し意外な気がしました。でもその美しい姿を見ていると、まるでこの世のものではないみたいで、それなら何でも知っていてもおかしくないなと思えてきました。
「わんたくん、何が知りたいの? 何かを教えてほしくてここにやってきたんでしょ?」
「うん。あのね、ボクのほんとうのおかあさんはどこにいるのか知りたいんだ。今のおかあさんはほんとうのおかあさんじゃなかったの。だからボク、ほんとうのおかあさんが見てみたいの」
わんたは少し緊張して、うまく言えなかったように思いました。胸がドキドキしています。
「そうなの。わんたくんのほんとうのおかあさんがだれで、どこにいるのか知りたいのね?」
わんたは黙ってうなずきました。グランマは一度くちばしを閉じるとしばらくじっとわんたのことを見つめ、そしてくちばしを開きました。
「わんたくん、あなたのほんとうのおかあさんはここにいるわ。わたしよ」
「えっ!? ど、どういうことなの????」

　わんたはあんまりびっくりしたので、ひっくりかえってしまいました。わんたには訳がわかりませんでした。どうしてわんたのほんとうのおかあさんがその美しいきれいな色をした小鳥のグランマな

のでしょう。いくら子供の時はおかあさんとぜんぜんちがうと言っても、わんたには羽根もないし、大きさもちがうし、あまりにもすべてがちがいすぎます。きっとこのグランマはボクをからかったんだ、と思いました。
「どうしてグランマがボクのほんとうのおかあさんなの？　こんなにちがうのに、、、」
「ふふふ。おどろかせてしまったわね。わたしはわんたくんを生んだわけじゃないわよ」
「それじゃあほんとうのおかあさんじゃないじゃない！」
グランマはふたたびわんたのことをだまってじっと見つめました。
「わんたくん、いいものを見せてあげるわ。さぁ、こっちにいらっしゃい」
そう言うとグランマはわんたをてまねきしました。わんたはグランマに近づいていきました。グランマは大きな木の幹にそっと耳をあてているようです。
「ねぇ、何してるの？　何を見せてくれるの？」
「しーっ。静かに、、、。さぁ、こうやって幹のここに耳をあててごらんなさい」
わんたはグランマに言われたとおりにしました。その大きな木の幹に耳を当ててみると、何やら音が聞こえてきます。最初はかすかな音でしたが、だんだんと大きな音になってきました。サラサラ、ゴウゴウと聞こえてきます。そして不思議なことにその音はとっても気持ちがいいのです。わんたはだんだんと目をつぶり、起きているのか眠っているのかわからなくなってきました。
「わんたくん、わんたくん、目をあけて」
わんたはグランマの声にはっとして、目をぱちりと開けました。するとさっきまでの森の中の景色はどこへいったのか、あたりは暗くなっています。そしてあちらこちらにきらきらと光るお星さまがいっぱいあります。わんたはいつの間にか眠ってしまって、夜になってしまったんだと思い、あわててしまいました。

「ちがうのよ、わんたくん。ここはお空のずっとずーーーーっと向こうなの」
わんたはびっくりしましたが、きらきらと輝く星の美しさに思わず見とれてしまいます。暗い空間をいくつもの流れ星がかけぬけて行きます。
「さぁ、わんたくん、あそこを見てごらんなさい」
グランマのさした方を見てみると、そこには丸い大きな光がありました。それはとっても美しい光で、わんたはなぜだかなつかしいような気持ちになりました。
「あの光の中へ行きましょう」
わんたはグランマの後についていきました。おもしろいことにわんたはまるで羽根がはえているかのように、すべるように空中を移動することができるのです。そしてその大きな光に近づいていき、とうとうその光の中にすっぽりと包みこまれてしまいました。光の中に入ったわんたは、その気持ち良さにうっとりとしています。それにとってもなつかしい感じがするのです。わんたはなんだか胸があつくなってきました。そこでふと、わんたは何か聞こえてくるのに気がつきました。ヒソヒソと話し声のようなものが聞こえてきます。最初は小さくて聞き取れませんでしたが、だんだんと大きくなり、声がはっきりと聞こえてきました。だれかが何か言っています。どうやらそれは森のみんなの声のようです。カモのかあさん、コガモたち、くまのジョーおじさんやコウじいさん、野うさぎのチャリーの声も聞こえます。そのひとつひとつの声を聞いていると、わんたはみんなひとりひとりが無性に愛しく感じられました。それは今までに感じたことのないような思いです。そしてその中にわんたの今のおかあさんの声もあります。わんたはひとつの声に耳を傾けると、その気持ちも伝わってくることに気がつきました。みんなの気持ちがいろいろ伝わってきます。いえ、それはまるでわんた自身がそう思っているかのようです。
「どう？　わんたくん。どんな感じがする？」

グランマがそっとささやきました。
「うん、あのね、みんなの声が聞こえるんだ。そしてみんなの気持ちも伝わってくるの。それはまるでボクが思っていることみたいに感じるんだ。どうしてかな？」
「みんなひとつだからよ」
「ひとつ？」
「そう。この大きな光の中にみんなはいるの。みんなは姿も気持ちもいろいろなんだけど、ほんとうはひとつのこの大きな光なのよ。だからわんたくん、みんなの思っていることがまるで自分が思っているように感じられるでしょ？」
「うん。みんなこの光なの？」
「そうよ、ほんとうはね。いつだって耳を澄ませば、みんなの気持ちが聞こえてくるのよ。どうしてかというと、みんなこの同じ大きな光だから、、、」
わんたはグランマの言っていることが一瞬のうちにわかりました。その光の中では、みんなおんなじなのです。わんたはわんたでありながら、カモのかあさんであり、コガモたちであり、野うさぎのチャリーでもあるのです。そして大好きなおかあさんでも、、、。
「さあ、わんたくん。あなたのほんとうのおかあさんがだれだかわかった？」
いつの間にか、わんたの頬を涙がつたっていました。
「うん。ボクのほんとうのおかあさんは、今のおかあさんであり、野うさぎのチャリーでもあり、くまのジョーおじさんで、カモのかあさん、グランマでもあるんだ」
わんたはまんまるの目を輝かせながら続けます。
「そして兄弟でもあり、ボクの子どもでも、おとうさんでもあるんだよ」
わんたがそう言うと、わんたたちのいる大きな光がぐんぐんと強く輝き、まっしろで何も見えなくなりました。

目を開けると、そこは池のそばの大きな木の根もとでした。わんたはキョロキョロとまわりを見て、グランマの姿をさがしました。するとチチーーーッという美しいさえずりとともに、あざやかな色をした小鳥のグランマがはるかかなたの枝へと飛び去っていきました。わんたはにっこりと笑って、しっぽを一度大きくふり、トコトコともときた道をかけていきました。森はまるで今までとちがうように見えます。くまのジョーおじさんがのっしのっしと歩いているのが見えました。
「ジョーおじさーーん！！　ありがとーーーー！」
「やぁ、わんたくん。どうだい、ほんとうのおかあさんは見つかったかい？」
「うん、見つかったよ！　今からおうちにかえるんだ！！」
くまのジョーおじさんはニコニコとうなずきながら、わんたが元気にしっぽをふって走っていくのを見送りました。どうやらわんたくんのさがしものは見つかったようです。

　森をやっとの思いで走りぬけると、なつかしいわんたのおうちです。たった一日のできごとだったのに、わんたには何年ぶりかでおうちにかえってきたかのように思えました。
「おかあさーーーーん！　今かえってきたよーーー！！　ボクのおかあさーーーーん！」
「あらあらこんなにぬれて、おまけに泥だらけ。いったいどうしたの？　どこに行ってたの？　かわいい、かわいい、わんたくん､､､」
そう言いながら、いつものようにおかあさんは迎えてくれました。わんたのだいすきなだいすきな笑顔で、わんたを抱きしめてくれました。

<おわり>

この物語をこの世界において、愛する人を失った方、家族と会うことが出来ない方、子供を持つことが出来なかった方、その他それらによって深い悲しみ・寂しさを抱えている全ての方へ贈ります。
　この物語があなたの「グランマ」になってくれることを願います。

こばなし

<メリー>

あたしがここに来たのは、そうね、3年前になるかしら。
あたしは植木屋からお洒落な花屋に連れて行かれ、
そこでじっとしていた。
ある日二人の人間が、なんか話をしていたかと思うと
あたしを持ち上げて車に乗せ、
気がついたらどこかへ連れて来られていたわ。
そこにも二人の人間がいて、何だか知らないけど
うれしそうな、ヘンテコな顔であたしを見てたわ。
そのうちの一人があたしに
「メリー、メリー」って話しかけるの。
「きれいなグリーンだね、メリー」、、、なんてさ。
そんな風に今まで呼ばれたことなんてなかったから、
最初はうるさいと思ったんだけど、
そうね、今は気にしてない。

おかしなことは、あたしが「喉が渇いたわ」って思ってたら、
その人間が水を運んでくるの。
植木屋にいた時は、あたしの気持ちなんて放っぽって、
決まった時間になったら水を持ってきてた。
でもここでは、あたしの気持ちが優先されるのよ。
だからってあたしが今の生活に満足してるわけじゃないわよ。
誤解しないで。
そうねぇ、もっと栄養が欲しいわ。
太陽の光はまあまあね。
それともっとクールな曲を聴かせて欲しい、あたし好みの。
いつの間にか、あたしもこんなにおっきくなっちゃったから、
（あら、太ったってことじゃないわよ）
過ごしやすい季節に、

あたしをうんとお洒落で広い器に入れ替えて欲しいわね。

このあたしの気持ちに、人間は気づくかしら。
あいつって、たまに鈍感だから心配だわ。
でも、そうねぇ、、、たぶん、
あいつは気づくんじゃないかしら？
あ、でも、誤解しないでちょうだい。
あたしだってまるっきり人間を信用してるわけじゃなくってよ。
まったく人間って、油断も隙もないんだから。
でもねぇ、、、少なくともあいつのことは、
ほんの少しばかり、信じてやってもいいかしらって思ってる。
あいつを見てると、人間もさぁ、
そうイヤな奴ばっかじゃなさそうって思えてくるの。
あいつはさぁ、、、気づくかしら？
あたしがあいつに話しかけてるってこと。
あたしは期待してるわけじゃないのよ。
でも、、、少しくらい、人間に期待してもいいんじゃないかしら。

「メリー！今日もきれいだねー」
「メリーもすっかり大きくなったから、そろそろ植え替えてあげないとね」
「メリーには、大きくて、お洒落な植木鉢を買ってあげようねー」
「メリーが気に入ったらいいけどねー」
「メリー、かわいいメリー。もっと大きくなってね。私の言ってること、わかる？」

<ヒヨ>

今日はどうしたってんだ？
いつも朝見に来たら、なんかあるじゃねぇかよ。
おかしいな、何かあったのか？

おいらが毎日ここを見回るようになって、
そうだな、２年っぱかしになるかなぁ。
最初はよー、まったくの偶然だったんだよ。
いつもみたく、山に向かって飛んでたら、
なーんかいい匂いがするじゃねぇか。
おっかしいなーって思いながら、よーく見てみたら、
ここにあったんだよ、突然。うまそうなモンがよー。
おいらはこう見えても、
仲間内じゃあ用心深いってんで通ってんだ。
だからいきなり飛びついてったりしねえよ。
まずは向かいの木の枝に留まって、様子を見たさ。
それからまた隣の木に移動してよー。
しばらくそうやって様子をうかがったな〜。
けどよー、何にも起こんねぇんだ。
それからおいらはそっとここに飛び移った。
人間を警戒しながらよー。
ひと口、そっと突っついてみた。
まさか毒なんて仕込んじゃいねぇだろうなーって思いながら。
人間ってのは、何考えてんだかわかんねぇからよー。
けどよー、それが何ともねぇんだよ。
それが始まりだったな、、、。

それからおいらは日参するようになったな。
ある時よー、窓の向こうにチラッと人影が見えたんだよ。

おいらたちはすぐさま飛び立ったね。
(この頃にはおいらの仲間も案内してやってたんだ)
けどよー、その後何にも起こんねぇんだよ。
それによー、おいらたちが腹一杯食った後、
なーんも無くなったら、
その人間がよー、また用意してるんだぜ。
これにはおいらもおっどろいたね。
ここいらじゃあ、そんなヤツは見たことなかったからよー。

おいらがいつも行くようになってから、
ヤツは何だか歌うようになったんだ。
「ヒ～ヨ～、ヒ～ヨ～～」ってよー。
思うに、「ヒ～ヨ～」ってのはおいらのことじゃねぇか？
おいらはそんな風に呼ばれたことはなかったから、
初めは正直言って面食らったね。
けどよー、その呼び声を聞きつけて行ったらよー、
あいつがうれしそうな、ヘンテコな顔して、
うまそうなモン用意して待ってんだ。
おいらもまんざらでもねぇんだ、ココだけの話だけどよー。

あいつ、今日はどうしたんだろ。
いつもこのぐれぇの時間になったら、金切り声でよー、
(あの鳴き声じゃ、おいらたちの仲間にゃなれねえな)
おいらのこと歌って呼ぶのに、、、。
腹へってるんだけどよー、
それよりあいつ、どうしたんだろう、、、。
別にあいつのヘンテコな顔が見てぇ訳じゃねぇんだぜ。
おいらはなんてったって、
仲間内じゃ、一番用心深いってんで通ってんだ。
あいつ、、、また戻ってくるかなぁ、、、。

「あー、ヒヨが心配だねー」
「今頃お腹空かして待ってるんじゃないかな」
「今日はどうしたんだろうって、心配してくれてるかも」
「ヒヨ、帰ったらおいしいものをいーっぱいあげるから。だから待っててね､､､」

＜パキ＞

わたしはいわゆるドライなのかもしれません。
ずっとそうでした。
あなたに初めてお会いした時も、
特にどうということはなかったのです。
ああ、わたしはここを離れるのか、そうなのか､､､
ただそれだけでした。
そして新しい生活が始まりました。
しかしわたしにとって、
それは今までとなんら変わりのないものでした。
わたしはただ、日の射す方を向き、
わたしのペースで天を目指し、成長していくだけ。
そのことについて期待をしたり、
何かを要求することもありません。

あの時わたしの中に、何かが生まれました。
そう、生まれたのです。
今までにわたしの中には存在しなかったものが､､､。

あの時あなたは出かけていましたね。
その間に、あの哺乳類がわたしの腕に噛み付いた。
わたしの腕は付け根から裂け、
わたしの基盤である土はそこらじゅうに散らばり、
まったくひどい有り様でした。
そしてあなたは帰ってきて、驚きましたね。
わたしの姿を見て、涙を流していましたね。
何度も何度も「ごめんね、ごめんね」と繰り返しながら。
あの哺乳類はその様子を見て、しょんぼりとしていました。
わたしはいいのですよ。大丈夫なのです。
わたしが腕をもがれたのも、それも偉大なる自然の御わざ。
腕をもがれることが必要でもあったのです。
それでもわたしは、ただただ、日の射す方を向き、
天へとのびていく。
それがわたしのいのちなのです。

わたしがそう語ると、あなたは驚いていましたね。
涙に濡れた顔を上げ、そして言いましたね。
「そうなの。パキは、こんなことすら受け入れてしまうのね」
「ありがとう、素晴らしいことを教えてくれて」
そう言ってあなたはわたしを大切そうに抱き、
元のように整えてくれました。

その日から、あなたはわたしにいつも話しかけていました。
約束もしてくれました。
「もう二度と、こんな目には合わせない」と。
わたしにとって、それは生まれて初めての約束でした。
今までのわたしは、そんなことはどうでもよかったのです。
わたしはただ、日の射す方を向き、

天へと成長していくだけでしたから。
しかし、あなたの約束に、
わたしは生まれて初めて、何かを感じたのです。
日の光でもない、雨のしずくでもない、何かを。

それからあなたは毎日のようにわたしに言いました。
「パキ、どんどん大きくなってね。
もっともっと幹を太くして、根をしっかりと張って、
実をつけるほどに成長してね」

わたしはただ、日の射す方を向き、
天へと成長していくだけでした。
なぜならそれが、わたしのいのちですから。
しかしわたしは、あなたのその言葉に、何かを得たのです。
わたしの中に、何かが生まれたのです。
いつのまにか、わたしは大きくなりました。
今までとはちがう、何かのはたらきによって。

大きくなったわたしを見て、あなたはうれしそうに、
おかしな顔をして、わたしに語りかけましたね。
そんなあなたの様子を見て、
やはりわたしは何かを感じているのです。
それは日の光でもない、雨のしずくでもない、
わたしの中にはなかった何かを。
これからも、わたしは天へと向かっていくでしょう。
それはわたしのいのちの姿ですから。
そしてそれは、他ならぬあなたのいのちですから。

「パキはほんとに大きくなってくれたね」

「もっと大きな植木鉢にしないとね」
「天井に届くほどになってくれたらなぁ」
「もっともっと大きくなってね」
「そうしたら、庭に植えてあげよう」

＜チャー＞

ぼく、神様に訊いたの。
ぼくはどうしたらいいの？って。
そうしたらね、教えてくれたの。あなたのことを。

ぼくは待ってたんだ。
あそこにひとりでうずくまっているのは、
ちょっと心細かったんだけど。
あなたに会う前に、他のだれかに見つかって、
それで終わっちゃうのかも、って心配だったよ。
でもね、やっぱり神様の言うとおり。
あなたはやってきた。
そしてぼくは、合図をしたんだ。
あなたが気づいてくれるように。
あなたはぼくに気がついて、びっくりしたように見たんだ。
それからそーっとぼくを持ち上げ、胸に抱いて歩き出した。

ぼくは歩くこともままならない。
飛ぶこともうまくいかない。
もう、どうにも出来なかったんだ。
だから神様におねがいしたんだよ。

あなたは何にも知らないけれど。

あなたは何にも知らずに、
ぼくのためにいろいろやってたね。
うれしかったんだよ。
やっぱり神様の言うとおりだったから。
だけどぼくには時間がもうないんだよ。

あなたの頭の上にいる、とってもきらきらした人が
ぼくにやさしく訊いてきた。
「さあ、もうそろそろいくかい？」
でもぼくは、もう少し待って、って言ったんだ。
あなたにお別れが言いたくて。

お別れを言ったら、あなたはちゃんと聞いてたね。
やっぱり神様の言うとおり。
あなたはぼくを大切に、そーっと胸に抱き、
最後にぼくが必要なものをくれたんd。
ぼくのおかあさんみたいに、
ぼくを寝かしつけてくれたんだ。
それでぼくは安心して、
きらきらした人に、もういいよって言ったんだ。

今ぼくは、そこらじゅうきらきらの中にいる。
そこには何でもあるんだよ。
ここではぼくには何でもある。
ぼくは力強く飛ぶことも、
ゆっくり歩くこともできるんだ。
だから心配しないで。
だから泣かないで。

そしてぼくは思い出したんだ。
前にも神様におねがいして、
あなたのことを教えてもらったってことを。
たぶんまた、
ぼくはいつか神様に訊くだろう。
そしてまた、
神様はあなたのことを教えてくれるだろう。
だからまた、
何度でも会えるんだ。
それはきっと、
ぼくとあなたのために
永遠にくりかえされる環。

This story dedicated to the late my pretty bird "CHATARO".

＜クワ＞

わしにはそれしか思いつかんかったんじゃ､､､。

わしはもう年なのかのぅ。
ふらふらと明かりにつられてやってきて、
それから帰り道がわからんでおった。
そこへお前さんがやってきたんじゃ。
わしを拾い上げ、わしを何かの入れ物にいれた。
困ったことになったのぅ､､､そう思ったんじゃ、最初。

しかしお前さんは、毎日何かわしの好物を運んで来なさった。
わしはそれをありがたくいただいたんじゃ。
お前さんにはわからんじゃろうのぅ、、。
わしがもう老いぼれていることは。

わしは久しぶりに元気になった気がしておった。
しかしお前さんはある日わしに言いなさった。
「さあ、もうそろそろお帰り」
そうして入れ物からわしをそっと出して、
緑の葉のうえに置いた。
わしものぅ、久しぶりに葉のにおいをかいで、
うれしかったのぉ。
じゃけどまた、食べ物を探す日々が始まったかと思うと、
どちらとも言えん、不思議な思いじゃった、、。

それは突然やってきおった。
わしは食べ物にありつけず、よたよたと歩いておって、
空が変わり、鳥が備えておるのにも気がつかんでおったんじゃ。
見る間に雨が降り出してきおって、
わしは身を隠す場所を探したんじゃ。
うまく緑の葉の茂みにつかまっておるつもりだったんじゃ。
しかしのぅ、いつもの雨とはちごーとった。
わしは暗い大きな濁流に飲み込まれ、
あっという間に流されてしもぉた。
道の方へ流されて、もう溺れてしもぉて、
わしの人生も終わりだと思ぅてあきらめかけたその時、
わしは懐かしい声を聞いたんじゃ。
そう、お前さんのな、、、。

わしは賭けてみたんじゃ。

わしはわしの長い人生で、賭けてみたことなぞありゃせん。
しかしのぅ､､､お前さんに賭けたんじゃ。
わしの声が届くか､､､。
お前さんがわしに気づいてくれるか､､､。

お前さんはすぐわしに気がついて、
濁流に流されておるわしを、
そーっと手ですくいとってくれたんじゃ。
その時わしは、もうだめじゃった。
意識も遠のいていきおった。
わしはもう終わりかけておった。
しかしのぉ､､､わしはその時聞いたんじゃ。
お前さんの声を。
いやいや、その声ではないんじゃ。
お前さんの、ほんとうの声のほうじゃ。
お前さんたち人間は、
口から出てくるものを声じゃと言うておりなさる。
しかしのぉ、わしらには、
それとはちがうもの、
お前さんたちが口を開かずにしゃべる時の、
それがほんとうの声じゃと思うておるんじゃ。
わしはその声を聞いたんじゃ。
「生き抜いておくれ」

あるよう晴れた日に、
お前さんはまた、わしを入れ物から出しなさり、
ほんとうの声で言いなさった。
「さあ、母なる自然へ。
私の愛と共に、自由に行きなさい」

わしはもう老いぼれじゃ。
お前さんはきっと知りなさらんじゃろうがのぅ。
じゃがのぅ、わしは生き抜くことに決めたんじゃ。
わしにはもう、なんも出来んじゃろう。
じゃがのぅ、、、このおいぼれのわしにも、
お前さんの愛を乗せていくことは出来んじゃろうかのぅ、、、。
わしの見たもの、会うたものに、
お前さんのほんとうの声が言いなさった、
お前さんの愛を渡せんかのぅ、、、。

「あ〜、クワが行っちゃったね」
「寂しいけど、これでよかったよね」
「自由に好きなことしておいで！」

＜ミン＞

はぁ〜〜〜、長かったわ。やっと出てこれた。
これが空気なのね。不思議な感じだわ。
あら、私、なんか今までとちがうみたい。

私が暮らしていたのは土の中よ。
誰の目にも触れることなくじっとしていたの。
それは長い長い年月よ。
でも私にとっては、そうでもなかったわ。
だって、土の中でも楽しいことはいっぱいあったもの。

土の中にいて、何か感じたわ。そろそろだわ、って。
それは私の体の中で感じた。
私の体の中の何かがそう言ったの。
そして私はただひたすら、穴を掘り進み、出てきたの。
初めての空気、初めての風、初めての空。
何もかもが素敵だったわ。
それからすぐに木に登り始めた。
そうしたら、あの人が私を捕らえたのよ、、、。

私はどこかへ連れられていった。
本当にどぎまぎしたわよ。
でもあの人は、そーーっと私を包んでた。
それから木に留まらせてくれたの。
一体どういうことなのかわからなかったわ。
それから私は変化を迎えた。
そうなの、殻を破らなければならなかった。
それは大変な作業なのよ。
でも休むことなく私は進めた。
横目で見てみると、
あの人は固唾を飲んで、私を見守っていたわ。

私はとうとうやったわ。
生まれ変わったの。
今まではとはまったく違う私になったの。
私には美しい羽根があったの。
これで私は自由に飛べるんだわ。
じっと羽根を乾かしていると、
あの人がとってもうれしそうに、
ヘンテコな顔をして私を見ていたわ。
そして私は一瞬で理解した。

どうしてここへ連れられたのか。
私のこの美しい変貌を
あの人に見せてあげるためだったの。
今までの私は、あれが私の全てだと思っていたわ。
でも違っていた。
そう、私には、秘められた、素晴らしいものがあったのよ。
こんなに美しい羽根も、私の中にあったのよ。
こうやって、殻を破って出たおかげで、
私はその美しいものを手にすることが出来たんだわ。

ねえ、あの人は、それを理解するために、
私を必要としたんだわ。
わかってくれたかしら。
人間も同じなんだって、気がついてくれたかしら。
自分の中にある、
限りない、素晴らしいものに、
気がついてくれたかしら。
気がついてくれたなら、私もうれしいわ。
人間は、自分のことを小さく見ちゃうのね。
面白いわ。あんなに大きな存在なのに。
あんなに限りない可能性を持っているのに。

じゃあ行くわね。さようなら。
私はあの人に言いたいの。
もし自分が小さく感じられた時には、
いつでも私のことを思い出してちょうだい。
殻を破って、羽根をひろげて、
大空へと飛び出して行った私のことを。
殻を破ったら、

そこにはきっと、
輝かしい世界が広がっている。

「うわーーー、飛んで行った！」
「元気でねーーーー！！！」
「いろいろ教えてくれて、ありがとうーーーー！！！」

＜クス＞

わたしはもちろん知っていますよ。あなたのことを､､､。

こう見えてもわたしはまだ若い。
あなた方に言わせると、
大そうな年月を積み重ねてきたことになるのかもしれませんが、
わたしたちの中では、さほどでもありません。
わたしは仲間たちと共にいます。
そしてあなた方人間の様子を見たり、
鳥たちの羽根休めになったり、
昆虫たちの住みかになったり、さまざまです。

初めてあなたを見たのは３年前。
しかしわたしはあなたを既に知っていました。
わたしたちの仲間で、あなたを知らない者はいない。
そんなことをあなたは御存知ないのでしょうね。
どうしてわたしがあなたのことを知っているのか､､､。
聞いたのですよ、離れたところにいる、わたしの仲間に。

あなたは彼に話しかけていましたね。
彼はあなた方人間から、
「神が宿りしもの」として、大切に扱われていた。
しかし彼に話しかける者などいなかった。
誰一人として。

あなたはいつもいつも彼に会いにやって来て、
彼にいろんな話をした。
彼との交流を重ねていくうちに、
あなたと彼は、とうとう一体感を持った。
まるでわたしたち仲間が共有する意識のように。

この驚くべき知らせは、
わたしたちの間で一気に広まった。
それは時を越え、空間を越え、
この地球上を駆け抜けた。
わたしたちはひとつの命。
ひとつひとつがそれぞれに存在するのだけれど、
わたしたちはひとつでもある。
そう、わたしたちはひとつしかない。
あなたと交流したのは彼のみだけれど、
わたしたち仲間全員が、同時にあなたと交流したのです。
だからわたしはあなたを知っている。
わたしのとなりにいる仲間（わたし）も知っている。
あなたの家の裏にいるわたしの仲間（わたし）も知っている。
かの山奥の境内で、やはり「神が宿りしもの」として、
人間たちに扱われている彼女（わたし）も知っている。

これはわたしたちだけではない。

あなた方人間も、共有しているではありませんか。
ただ、つながっていることを忘れてしまっているだけ。

思い出してみてください。

わたしはあなたを知っています。
だからあなたが知っている、
やさしいあの人（あなた）のことも知っています。
あなたが知っているあの人が愛している、
彼女（それもあなた）のことも知っています。
その彼女が大切にしている
あの彼（それもあなた）のことも知っています。
さあ、では、
あなたのことを知らない人が
この世界に存在するでしょうか、、、。
あなたが知らない存在が
この世界にあるのでしょうか、、、。

「懐かしいなー」
「以前住んでいた所の近くの神社で、この子に似た子がいたよ」
「よくおしゃべりしたっけ」
「あの子は元気にしてるかなぁ」
「私は元気だよって、あの子に伝えてねー」

＜ヤモ＞

オレは嫌われ者だと思うぜ。
みーんなオレの姿を見たら、驚いてやがる。
オレがなんかしたかってんだ。

オレは、子供の時からこの姿さ。
急にこうなっちまったわけじゃねぇ。
オレはいろんなモンを食う。
あんたたち人間が嫌がるモンだってな。
あんたたちは知らねぇんだろ、そんなこと。
オレたちのおかげで、あんたたちは快適に過ごせてるんだぜ。
オレたちがそこらじゅうの虫を食わなきゃ、
今頃あんたたちは大変な目に合ってると思うぜ。

オレはここで生まれ育った。
おふくろも兄弟もみんなここでのんびりと暮らしてる。
おやじのこたぁ、知らねぇ。訊くんじゃねぇよ。
オレたちは日が照ってる間は、草の茂みなんかに隠れてる。
暑い日ざしやなんかが苦手でね。
日が落ちてきたら、オレたちの時間だ。
明かりめがけてやってくる連中を頂こうって寸法さ。

ある日オレはいつものように明かりの近くで張ってたんだ。
やつらが飛んでくるからな。
腹も減ってたしよ。
そしたらあんたが出てきたんだ。
驚いたな、オレは。
人間はよ、オレたちを見つけると、
何とかしてやっつけちまおうってハラさ。

オレはとにかく微動だにせず、じっと息を殺してた。
見つからねぇようにな。
けどあんたはオレを見つけた。
もうダメだ、オレの人生も終わりか、って思ったさ。
しっかり目が合ったもんだからよ。
でもあんたの反応に、おれは面食らったな。
あんたはオレを見るなり、
「わぁ〜〜〜〜、こんなとこに居たの！」
「うちにも居てくれたんだー、うれしいなぁ」
って言うんだからよ。

オレは今まで生きてきて、
人間からそんなことは言われたためしがねぇ。
オレたちの仲間だってそうだと思うぜ。

だけどそう言いながら、
棒かなんか持ってきて、
オレのことをぶっ叩くんじゃねぇかと用心したさ。
でもあんたは、うれしそうな、ヘンテコな顔して、
オレのことを見上げてるだけだった。
それからあんたはこう言った。
「うちのことをよろしく頼むね」

ガキの頃におふくろから聞いたことがある。
オレたちは守り神だってさ。
そう思ってる人間が住んでるとこもあるってな。
しかし今じゃあ、
そんな人間もめっきり減っちまったってことだ。

あんた、そんなことをまだ信じてんのかよ。

オレたちが守り神だって？
けっ。笑わせちまうぜ、まったくよ。
おめでたいヤツだぜ。

、、、ふん。けどよ、
ここにはめっぽうオレ好みの虫がいるし、
これをたらふく食ってりゃ、オレも満足だし、
それにあんたも気分良く暮らせるのかもしれねぇな。
あんたがこの虫どもに煩わされねぇように、
オレがぜーんぶ平らげてやるよ。
そうすりゃあんたもオレも、満足できるってなもんだ。

昔オレがガキん時におふくろが何か言ってたっけなぁ。
「キョウゾンキョウエイ」とかってよ。
もしかしたら、こういうのを言うんじゃねぇのかな。
まぁ、オレの記憶なんてあてにはなんねぇけどな。

「いっぱい子供作ってたら楽しいねー」
「花壇とかにも住んでいるのかなぁ」
「ふふっ。いっぱい虫さんを食べて、元気でいてね」
「なんてきれいな姿なんだろ」

＜シジン＞

ああ、こんなにも素晴らしいものだったのか、、、。

私は忘れていた。この世界の素晴らしさを。
ここにやってくるのはたいそう久し振りだ。
この乗り物に入り、過ごすからこそ味わえるもの。
そんなことさえ忘れていた。

ああ、五月蝿いのだよ。
もう少し静かにしてもらえないだろうか。
君は私のためを思って
バッハやシューベルトをかけているのかね？
残念ながら、私が聴きたいのはドビュッシーなのだよ。
それに今私が耳を傾けていたいのは、
外で奔放にさえずる愛しい小鳥たちの声なのだよ。
彼らの声が、
私の胸の奥に眠る祈りの声を解き放つ為に回る歯車の
潤滑油となってくれるのだ。
お願いだから、窓を開け放っておいてくれ。
そして静かなひと時を私に渡してくれないか。

このそよ風。
私の肌に感じることができる。
この乗り物に入ったからこそ味わえるもののひとつなのだ。
この柔らかいコットンの感触。
触れることが出来る喜び。
ああ、この世界はなんて素晴らしいのだ。
君の後ろの棚に飾ってある、
花々から漂いし香り。
甘くなつかしき香り。
この全てはここでしか味わえないもの。
命そのものではないか。

太陽が別れを告げ、暗幕が下ろされると共に、
ゆっくりとその姿を現わしたる月よ。
その輝き、慈悲深き色をたたえん。

私は声高らかに言う。
よく聞くがいい。
この世界は素晴らしい。
この美しき世界に出でし者たちよ。
その乗り物を大切に扱い、
少しでも長く、
美しい詩によって彩られしこの世界を楽しむのだ！

私は歓喜する。
私の中の創造性と光が、私の中で満ち溢れ、
ついにはこの美しき世界へと流れ出していくさまを、
私は静寂の目で見つめるであろう。
それは幾年もが過ぎ、
私がいかなる成長を経ていこうとも、、、。

ああ、君よ、、、
どうか窓を閉ざさないでおくれ。
この部屋には不釣合いな色合いのカーテンで、
美しき月の姿を覆い隠さないでおくれ。
もっと私に、
この世界を堪能させておくれ、、、。

「オンギャー、ウギャー、ウギャー、、、」
「まあ、まあ、どうしたの、一体、、、」
「突然泣き出しちゃって、、。さっきまで静かにしていたのに」

「あなたはお月様をじーっと眺めていたいのね」
「なんて素敵な瞳をした子なのかしら」
「きっと将来はゲーテやなんかのように、詩を謳うかもね」
「ホイットマンの詩も好きだがね」

This story is pure fiction .
However, it might be true story .

＜カキ＞

正直に言うわね。
最初はやっかいなことになったわ、って思ったのよ。

あたし、もう疲れてたのよ。
誰も手入れしてくれるわけでもないし、
あたしに何か求めてるわけでもないし。
この際だから言っちゃうけど、どーでも良かったの。
そしてあなたがやって来たの、、、。

あなた、あたしは誰なんだろうって気にしてたわね。
それで隣の彼女から、あたしの正体を聞かされた。
ちょうどその頃ね、あいつらがやって来て、
あたしや他のみんなを切り倒そうとしたのは。
あなた、泣きながら止めてたわね。
あたしびっくりしちゃったわ。
あたしたちの命のために泣くやつがいるなんて。

あたしたちは難を逃れたわ。あなたの訴えでね。

それからしばらくしてからね。
あなたがあたしの足元に花を持ってきたのは。
この花たちのおかげでね、
あたしはやけに力がついちゃったのよ。
だから去年の秋、
思いがけず、あたしは実なんかつけちゃったわ。
誰よりもあたし自身がおどろいちゃったわよ。
まさかあたしが実をつけるなんて。

わずらわしかったわ。
だってあたしの実をめがけていろんな輩が飛んでくるんだもの。
大きいのから小さいのまで、いろいろね。
急にあたしの周りが騒がしくなっちゃって、
迷惑な話だわ、って思ったわ。

ある日、やっぱり小さい輩があたしんとこにやって来た。
それからどんどんあたしの実を突っついてたわ。
うんざりしてたのよ、もう。

でも、ふと見ると、
そのちいさい輩があたしの実を突っつきまわしてる様子を
あなたがうれしそうな、ヘンテコな顔して見てるじゃない。
これには笑っちゃったわ。
何がそんなにうれしいのかしらって。

あたしね、思ったんだけど、
あたしの実を突っつきに来る連中が、
今度は他の場所に行って、
もしあたしの命の種を落としたとしたら、どうなるのかしら。
つまりまたあたしがそこに生まれるってことでしょ？

あたしの知らないところに、あたしが居るのよ。

あたしはちょうど、生活にうんざりしてたのよ。
だからそんなことを考えるのって面白いわね。
どんなところにどれだけあたしが生まれるのかって
想像をめぐらせると、けっこう退屈しのぎになるわ。
ちょっとわずらわしいと思ったんだけど、
実をつけてみるのも悪くはないわね。
ねぇ、あなた、それを知っててやったわけ？

今年も、実をつけてみようかしら。
うるさい連中があたしの実を突っつきに来て、
それを見てあなたが喜んで、
またどこかにあたしが生まれる、、、。
ふん、いい退屈しのぎになるわね。

「さあ、今年はどうかな」
「去年みたいに実をいっぱいつけてくれたらいいね」
「小鳥さんたちもおいしそうに食べに来るよ」
「私も楽しみだわ」

＜バタキチ＞

わかったよ、あなたの言ってることは。
僕も確かにそう思うよ。
あなたは正しいよ。

僕は寒いのが苦手だ。だから冬中じっと過ごしている。
僕が動き出すのは、空気も土もあったかくなってきてからだ。
やっとあったかくなってきた。そろそろ僕の活動が始まる。
僕は手始めに、ぴょんと飛んでみた。
うん、いい調子だ。
いつの間にか、冬の寂しい風景から、
春そのものの華やいだ景色へと移り変わっていた。
さあ、お腹が空いてきた。
僕はまず、近くにあったおいしそうなグリーンに目を向けた。
ひと口食べてみる。
うまい。
ふたくち目からはよく覚えていない。
だって夢中だったから。

特にうまい、おすすめなのが、新芽さ。
それと花芽も。
やわらかくって、最高の味なんだよ。
君もきっと気に入るよ。

毎日毎日、僕は食事をして、お腹いっぱいになったら昼寝して、
起きたらまた食事して､､､､。
そんな風に過ごしていた。
気がついたら僕の仲間もたくさん来ていた。
にぎやかで楽しい食事。
大勢で食べるって、それだけで愉快なもんだね。

ある日、あなたがじっと立っていた。
あなたはふらりと現われてはいたけれど、
この日みたいにじっと立ち尽くしていることなんてなかった。

僕らはあなたが、僕らに何もしないことを既に知っていたから、
あなたがいたって、怖がることはなかった。

それから急に僕は何かを感じた。
それは空気を伝わって、葉っぱに伝わって、
僕に伝わってきた。
・・・悲しみ。
どうしたんだろう、この深い悲しみは。
僕はすぐにわかった。
それはあなたから来ているんだと。
僕はまた、あなたがお腹でも空かしているんで、
それで悲しいのかと思ったよ。
でも違ってた,,,。

「どうしてこんなに食べちゃうの？」
「これじゃあ、全滅しちゃうよ」
「お花や植物たちがなくなっちゃったら、
あんたたちだって、食べるものがなくって困るんだよ」

あなたはそう言って、
僕らが食べ尽くした植物のほんの残りを手にとって、
悲しそうにつぶやいた。
ううん、僕らに話していた。

そうか、確かにそうだよね。
僕らはお腹いっぱいになったけど、
これで何もなくなったら、もう食べるものがないんだね。
新しい芽が出てくるところはちゃんと残しとかなきゃ。
根こそぎ持ってくのはいけないね。

それから僕らは気をつけて食事するようになった。
そのおかげで、花もそこそこ咲いてたし、
草木もそこそこ大きくなってたし、
ちょうどいいんじゃないのかなぁ。
あなたの言う通り、
何事もほどほどがいいね。

「バタキチはわかってくれたみたいだね」
「あんたたちが根こそぎ食べないって約束してくれたから、
私もお薬なんて撒かないからね」
「だからバタキチたちの取り分は、安心してお食べ」

＜ハヤ＞

生まれた、生まれたよ。
いっぱい生まれたんだ。
たくさん産まなきゃ残っていけないからね。

ここは決して住みやすいわけじゃない。
だけど大切なぼくらの住みか。
おかあさんも、そのまたおかあさんも、
そのまたおじいさんも、
みんなここで生まれ育ったんだよ。
昔はもっと住みやすかったんだって。
いつからこんな風になったんだろうね。
わかんないけど、仕方ないね。

ぼくらにはここしかないんだもん。

ぼくらはきょうだいでいつもいるんだよ。
でないとちっぽけなぼくらは、
おっきな子に食べられちゃうからね。
でもぼくらはとってもすばしっこいんだよ。
太陽のひかりが反射して、
下から見ててもきれいなんだよ。
あなたから見たら、
ぼくらの銀色の身体もひかりを反射してきれいなのかな。

あれ？なんか落ちてきた。
チャポンってぼくらの住みかに落ちてきた。
なんだろう、これは。
ぼくらきょうだいで見に集まった。
おにいちゃんが突っついてみた。
あれ？おにいちゃんがおかしいぞ。
急におにいちゃんは泳ぐのをやめて、
おなかを上にしてプカプカとしてるんだ。
おや？なんだか苦しいよ。
ぼくのきょうだいもみんな苦しそう。
これは一体なんなんだろう。
おっきな子よりもこわいみたい。

ぼくらはいつのまにか、
みんなおなかを上にして、プカプカしていたよ。
上から落っこちてきたアレは、何だったんだろうね。
からだの力がなくなっていくよ。
ぼくらは残っていくために、
たくさん、たくさん、生まれたんだよ。

おっきな子が相手なら、
ぼくらきょうだいの誰かはきっと生き残れたと思うんだ。
だけど落っこちてきたやつは、
ぼくらきょうだいをみんなやっつけちゃった。

ぼく、もっと泳ぎたかったのに。
水草を探検したり、
ぼくら以外にここに住んでいる、
カニさんやタニシさんをたずねていって、
いろんなお話きかせてもらおうと思ってたの。
カニじいさんは、長生きしてて、
いろんなお話を知ってるんだって。
きいてみたかったな。

ねぇあなた、伝えてくれないかな。
ぼくらはあなたたちの住みかに、
何か落っことしたりしないよ。
だからぼくらの住みかにも、
何か落っことしたりしないでねって。
おたがいの住みかを大切にしようよ。
いっぱい生まれても、これじゃあ残っていけないよ。
それはあなたたちも同じなんじゃないのかなぁ。

ぼくのぬけがらを食べたあのおっきな子、
苦しくならなきゃいいんだけど。
おっきな子は大丈夫かなぁ。

「あっ。あんな所で誰か何か捨ててるよ！」
「こらーっ！何でそんなことするのっ！」

「ちゃんと拾ってきなさいよ！」
「めぐりめぐって、あんたも水が飲めなくなるだけなのに！！」

<ムー>

僕は誰が何と言おうと君の味方だよ。
君を守るために僕はここにいる。

君と初めて出会ったのは8年前。
兄弟たちの中から、君は迷わず僕を選んだ。
だってそういう風になっていたんだもの。

君は僕を連れて帰り、僕の世話をしてくれた。
よく叱られたっけなぁ。君は怒るとほんとに怖いよ。
僕がほんの出来心でカーペットをかじった時、
ものすごい剣幕で君は僕を叱りつけた。
あれには僕も参ったね。なにせほんの出来心だったんだから。
でもね、叱られても僕は、君の一番の味方だよ。
怒る君も、優しい君も、どんな君も、全て君だから。

辛いときもあったね。
「必ず迎えにくるからね」
そう言って君は行ってしまった。
僕はただひたすら君の帰りを待っていたのさ。
でも君は必ず僕を迎えに来るってわかっていた。
だってそういう風になっているんだもの。

僕らの新しい生活が始まった。僕にとっては素晴らしい日々。
ずっと君と一緒にいられるなんて夢みたいだ。
だから僕はうれしさのあまり、
すこしわがままを言ってみたりした。
君は怒りながらもわかってくれている。
僕が君の気持ちを全部理解しているのと同じように、
君も僕の気持ちを全部理解してくれている。
だってそういう風になっているんだもの。

君が悲しい時、僕はいつも君のそばについている。
君が怒っているときは、そっぽを向いて離れている。
君がうれしい時は、僕も一緒にふざけたりする。
だって僕もうれしいからさ。
まるで僕らは一心同体。
だって最初からそういう風になっているんだから。

これから先、どれくらいの時を君と一緒に過ごせるんだろう。
それが永い時になろうと、短い時になろうと、
僕はこれからも、いつも、いつでも、君の味方だから。
いつも君のそばにいるから。
僕は君の気持ちを良くわかっている。これから先も、ずっとね。
だってそういう風になっているんだよ。最初からね。
そのために、僕はここにいる。
君は覚えているのかなぁ。これからの、僕らの予定を。
もし忘れていても、きっと思い出すよ。
だって、そういう風になっているんだもの。

「まーたそんなわがまま言って、、、」
「ほんとに困った子だね、もう」
「でも実はかまって欲しかったのよね」

「ムーのことは何でもわかるんだから」
「だーい好きよ。ずーっと一緒にいようね」

<ハードワーカー>

さあさあ、がんばれ、がんばれ。もう一往復するぞーーー。

オレは自他共に認める働きものさ。
いつからだって?昔っからさ。物心ついたときから働いてたさ。
疲れないのかって?そりゃあ、くたびれる時だってあるさ。
でもこれがオレに出来ること。
オレは自分に出来ることを精一杯するだけさ。
彼女はオレたちに働かせて、じっと巣にいるだけだって?
確かにそうだけど、
彼女には彼女にしか出来ない仕事があるんだよ。
・・・おっと、いいのがあったぞ。こりゃうまそうだ。
子供たちが喜ぶぞ。さあ、家路を急ぐとするか。

あんたたちは彼女のことを知らないから、
「働きものたちにだけ働かせて､､､」なんて言うけどさ。
そいつはちょいと違う。
これを役割分担って言うんだぜ。
オレたちはオレたちにしか出来ない仕事をする。
彼女は彼女にしか出来ない仕事をする。
それに彼女がふんぞり返ってると思うのかい？そいつは違うね。
誰よりも彼女はオレたちに感謝してくれている。
そしてオレたちも、彼女の仕事ぶりに感謝している。
お互いにそんな風に思ってるから、
また明日も、何往復もして働くんだぜ。
それが働くちからになるのさ。

あんたたちの世界の方が、ちょいとおかしいんじゃないのか？
あんたたちはお金ってヤツを使ってるんだろ？
それがないと生活出来ないんだろ？
それをもらうために働いてるんだろ？
（中にはそれをもらわないで働いてるヤツもいるらしいが）
お金を払ってるんだから、仕事しろ､､そう言うんだろ？
払ってるヤツだって、仕事をしてもらわなきゃ困るくせに。
仕事をしたヤツも、仕事をしてやったと思ってるんだろ？
仕事をしないと生活出来ないくせに。

あんたたち、おかしいぜ。役割分担だとは思わないのかい？
お互いにしか出来ない仕事をしている。
どちらが欠けてもうまくはいかない。
オレは自分の働きに、誇りを持ってるぜ。
あんたたちも、あんたたちにしか出来ない働きをしているって、
誇りを持ったらいいんじゃないか？
そしてそのことを、お互いに尊重し合うんだ。

そうしたら、感謝できるぜ。
それがよ、それ以上のちからとか、
働き以上の結果を生み出すんだ。
オレはこのことを、「偉大なる愛の循環」って言ってるんだ。
へへっ。あんたたちもオレたちのまねしてみたらどうだい？

＜シロ＞

オレはいつも飛びたいな、って思ってるんだ。
もしもあいつらみたいに、
自由に空を飛んで好きな所に行けたなら、
どんなに毎日が楽しいだろう。

オレは知っての通り、飛べないさ。
羽根はあるんだぜ。
だけど空を飛ぶ役には立ってくれない。
何のためについてるんだか、このオレにもわからない。
オレはいつも同じ池にいる。決まりきった毎日さ。
朝から泳いで餌をとり、昼寝して、それだけさ。
寒くなってくると、あいつらがやって来る。
自慢気にバタバタと羽ばたいてな。
それからしばらくはあちこちの池を巡回してくるんd。
オレはそいつがうらやましい。
だってオレはこの池しか知らないんだ。
もっと他の場所も見てみたいよ。
一度あいつらに聞いてみたんだ。旅先はどんなだい？ってね。
いろいろ話してくれたよ。それはそれはうらやましい話だぜ。

オレもいつか行ってみたいと思ったね。

でもある日、
あんたがオレのことをじっと見てるのに気がついた。
そう、あんたはオレを見ていた。
ただただじっとオレを見ていた。
しかも、うれしそうなヘンテコな顔してな。
それからあんた、オレに話しかけてくるようになったな。
「今日はどうだい？」
「元気に泳いでるか？」
「きれいな羽根だね」
こんな羽根、飛べるわけじゃなし、意味ないさ。
そう言ったけど、あんたはニコニコしている。
まぁあんたは元々飛べないから、
オレの気持ちはわかんないよな。

ある冬の日に、またあいつらがやって来た。
自慢気に羽根をばたつかせてな。
あんたはその様子を見てた。
でもやっぱりオレに話しかけてくる。
なんだよ、あんた。
オレよりもあいつらの方がいいと思わないのかい？
だってあいつらは空を自由に飛べるんだぜ。
それなのにあんたはオレに話しかけてくる。
しばらくして、あいつらがオレに言ったな。
「あの人間は、よほどおまえさんのことを気に入ってるんだね」
そんなバカな。
自由に飛べるあいつらよりもオレのことを気に入ってるなんて。
あいつらよりオレのことを気に入るなんて、あるわけないさ。
でもやっぱり、あんたはオレに話しかけてくる。

なあ、オレは飛べないんだぜ？
オレの羽根は役に立たないんだぜ？
オレはこの池しか知らないんだぜ？
こんなオレのことをあんたは気に入ってるって言うのかい？

いつの間にか、
オレは前よりも羽根をていねいに手入れするようになっていた。
いつの間にか、
オレはオレの羽根もきれいだなって思うようになっていた。
いつの間にか、
オレはこの池が素敵な場所に思えてくるようになっていた。
いつの日か、
オレは空を自由に飛べるようになるのかもしれない。

「シロ！シロ！こっちおいで！」
「今日もシロはきれいだね」
「真っ白で、雪みたいにきれいだね」
「シロだって、いつか大空を飛べるようになるよね」

＜ノノハナ＞

私はね、とっても強いのよ。
どうしてかっていうと、根をしっかりと張り巡らせているから。
そしてたくさん咲いて、種を落とすの。
私の子孫を増やすために。

私はね、強い風にも負けないのよ。

風と同じように体を揺らすから。逆らうと折れちゃうのよ。
それにね、風のおかげで私の種は遠くまで運ばれるのよ。

私はね、私の蜜を求めてやって来る者を受け入れるわ。
彼らが私の種を作る手伝いをしてくれるんだもの。
私は全体的に見るのよ。部分的でなく。

私はね、雨が好きなの。喉の渇きを潤してくれるから。
太陽の光も好きなの。私を成長させてくれるから。

この世界には何でも揃っているのよ。
私が強く楽しく生きていくために必要なものが。
どれも全て必要なのよ。

もし私が風に逆らったら？
折れちゃってるわ。種を飛ばすことも出来ない。
もし私が私の蜜を求めてやって来る者を拒んだら？
私の種は出来ないわ。子孫を増やせない。
もし雨がイヤで隠れてたら？
喉が渇いてとっくに枯れちゃってるわ。
もし太陽の光を避けていたら？
力強く成長出来てないわ。
弱い子になってて、虫たちに負けてるわね。

どうして私が強いのかわかる？
私は受け入れているからよ。
この世界のどれもすべてが私のためにあるんだって、
知っているからなのよ。

ねえ、この世界に、

あなたのためにあるものって、一体どれなのかしら。
あなた、考えたことある？

<フリッパー>

あのね、僕は決して好きでやってるわけじゃないんだよ。

僕は毎日いろんな遊びをする。
人間の子供たちの前でね。
それはそれで面白いことだと思うよ。
僕は自分で選んだんだ。
ここに来て、あなたたちの世話になって、
いろんな遊びを披露するってね。

僕は家族といつも一緒だった。
広い広い海を泳ぎ、仲間たちとじゃれあって遊んでた。
でもね、海はとってもしんどいって言ってたよ。
僕らはその声を聞いたんだ。
それでみんなで話し合った。
どうしたらいいんだろう、って。

僕らの代表が、君たち人間に会いに行って、
いろいろお話することにしたんだ。
その役目はとっても過酷なものになるって、誰もがわかってた。
でも僕は名乗りをあげたんだ。
きっと僕はうまくやれると思ったからね。
そして浜の近くに行ったんだ。

家族や仲間たちに別れを告げて。

君たちは思った通り、僕を捕まえた。
僕は抵抗しなかった。
だってそのために来たんだもの。
そしてここへ連れられてきた。

毎日毎日特訓したんだ。
いろんな遊びが出来るようになるまで。
僕は重要な任務を抱えてる。
だから君たちの言うままに遊びを覚えたよ。

そして今日も僕は君たち人間の前で遊びを披露する。
ただ遊んでいるだけじゃないんだよ。
君たち人間の子供たちに、一生懸命お話ししてるんだ。
「海がしんどいって言ってるよ」
「僕らの仲間もしんどいって言ってるよ」
「あんまりしんどくなっちゃうと、
 すべての生きものがしんどくなるよ」

子供たちは、みんな僕の話を聞いてくれてるよ。
僕にはわかるんだ。
だから海も大丈夫だと思う。

僕、いつか帰れるかなぁ。家族や仲間たちの元へ、、、。
でもいいんだ。構わない。
僕は重要な任務をやり遂げる。
君たち人間全員がわかってくれるまで。
僕はいくらだって遊びを披露するよ。
それが僕の役目だからね。

僕が自分で選んだんだからね。

ねぇ、僕の話を聞いた人たち。
もしよかったら、僕の家族や仲間に会ったら、
ちゃんと話を聞いたよって、言ってくれるかな。
そして海や僕らの仲間たちのことも
愛してくれないかなぁ。

僕は毎日遊びを披露する。
そして君たちを愛しているんだ。
これからもずっとね。

＜トラベラー＞

踏みしめて、踏みしめて、しっかりと大地を踏みしめて歩く。
その一歩一歩を確認しながら歩く。
踏み出した足が次には大地を蹴り、
次の足がまた新たな一歩を踏み出す。
暑い時には額に汗をにじませて、寒い時には凍えながら、
ゆっくりでもなく、早くもなく、
自分の歩幅で踏みしめる。

見つけた。一つ目の目印だ。
ここにお宝が眠っている。
目印にはこう書いてある。
「ここにある」
しっかりとした手つきでそこを掘る。

急がず慌てず、そこを掘る。
あった。お宝だ。
それを携え、また踏みしめる。

一歩一歩に注意を払い、確実に進んでいく。
次の目印だ。
「上を見よ」
見上げるとそこには大きな木の枝がある。
そして枝にはお宝がぶら下がっていた。
それを手に取り、また進んでいく。
しっかりと大地を踏みしめながら。
風のにおいを嗅ぎながら。

次の目印だ。
「迂回せよ」
回り道になってしまう。到着が遅れるかもしれない。
しかし迂回することにした。
その道には花が咲き乱れ、
美しい湖が静寂を水面にたたえていた。
喉を潤し、香りを楽しむ。
そしてまた、
しっかりとした足取りで、大地を踏みしめながら進む。

また目印だ。
「ここにいる」
そこに道連れが居た。
二人、大地を踏みしめながら歩く。
ぴったりの呼吸で、足並みそろえて、
まるでこの先ずっと共に歩むように。

二人で次の目印を見つけた。
「ここで二手に分かれる」
どちらがどちらに行くべきなのかはわかっていた。
それがお互いの行くべき道のりだったから。
別れを告げ、お互いの健闘を祈り、また踏みしめて進む。
いつかまた、会えることを知りながら。

目印だ。
「戻れ」
ため息と共にくるりと向きを変え、来た道を歩く。
しっかりと足元に気を配りながら。
来る時には気付かなかった目印があった。
「これを使え」
掘っていくとお宝があった。
鍵だった。
その鍵を握り締め、再び歩き出す。
力強く、無理をせず、大地を踏みしめながら。

先程の目印の上に、大きな扉が現われていた。
「開けよ」
鍵がかかっていた。
握り締めてきた鍵を差し込み、回す。
カチャリと音を立て、鍵が開いた。
そっと、しかししっかりと、ドアノブを回す。
扉は開いた。
目の前に新たな世界が広がった。
そして理解した。
ここからがスタートなのだと。

しっかりとした足取りで、美しい大地を踏みしめ、

早すぎもせず、遅すぎもせず、確実に歩き出す。
楽しい旅。
果てしなき旅。

Take care and have a nice your trip !!

<パオ>

あの河の向こうには、僕らのための糧がある。
このままここに居たってどうにもならないことを知っている。
だから僕らはこの河を渡るのさ。
それがどんなに無謀なことに思えても。

僕らは移動して生活する。餌場を求めていつも動き回る。
母なる自然が僕らのために用意してくれている糧のため、
あちらこちらへ移動する。それは僕らの生活そのもの。
そしてそれは僕らのいのち。

こちら側にはもう何もない。
僕らが食べることが出来るようなものは。
そしてある日、河の向こう側に用意されていることを知った。
僕らは何のためらいもなく、この大きな河を横切るだろう。
なぜならその向こうに、
僕らのいのちの糧が用意されているから。
その向こうに、僕らの場所が用意されているから。

その向こうにあると知りながら、行こうとしないものは多い。

あなた方もそうだろう。
だが僕らは、渡っていく。それが僕らに出来る全てだから。
僕らのいのちを輝かせるにはそれしかないから。

溺れる危険もあるだろう。
やっと渡っても、何も無いかもしれない。
数え上げればキリが無い不安。
それなら僕は、不安を数えるのはやめて、
僕のいのちの声を信じよう。そしてゆだねよう。
もしその向こうに何もなければ、また一から、歩き出せばいい。

これはひとつの賭けに見えるかもしれない。
しかしちがうんだ。
これは僕の責任における、僕のための、
僕に全面的信頼を置いた行動なんだ。

あなたたちもそんな風に行動してみたことはある？
どちらの結果になろうとも、とっても気持ちがいいんだよ。

＜チー＞

高らかに高らかに、大空を舞いながら私は歌う。
それは仲間たちへのあいさつ。
私たちの最愛の友人の木々へのあいさつ。
「今日はいい天気だね」「風がとっても心地良いよ」
「向こうで食事が出来るよ」
「雨になりそうだね。森へ避難しよう」

それは私たちの言葉。
そして大いなる自然のハーモニー。

私は歌うのが好きだ。
あいさつだけではなく、ただ歌うこともしばしば。
なぜなら歌うことが好きだから。
私は歌っていると喜びを感じる。
これが私のいのちだよ。私はここに存在するんだよ。
そう世界に知らしめる。
私はうれしいから、ただ歌っていただけ。

ある日気がついた。
私の仲間たちでもなく、最愛の友人である木々でもない存在が、
私の歌声に耳を澄ましていることに。
私の歌声にうっとりと耳を傾けていた。
私は歌うことが好きなのだ。ただそれだけ。
私はただうれしくて歌っていた。
それなのに、その歌声を楽しんでくれている存在がいた。

そうか。私の喜びが、周りの誰かを喜ばせるのか。
私がしあわせを感じている時、
周りの誰かも、しあわせを感じているのか。
それならば、私はもっともっとしあわせになろう。
私のために歌うことが、他の誰かのためにもなるのだから。

気がついたら、しあわせは膨れ上がり、
四方八方へ飛散して、多くのしあわせを生み出している。

今日も私は歌う。
大空を舞いながら、声高らかに歌う。

私はここにいる。私は生きている。それは私の喜び。
たくさん歌って、この世界に私というしるしをつけよう。
私はしあわせです。
そしてあなたもきっとしあわせです。

＜エゾジー＞

私たちはそんなに
あなた方の気に入らないことをしたのでしょうか。

私には思い当たるフシがありません。
私たちは昔とおんなじように暮らしているだけです。
変わらない生活です。
ただひとつだけ変わったのは、
食べ物を探さないといけなくなったということです。
昔に比べて、私たちの食べ物が少なくなりました。
どうして減ってしまったのか、私にはわかりません。
仕方がないので私たちは、山を少しだけ下って行きます。
そうすると食べ物がたくさんあるのですよ。
そこで食事をとります。

それから気のせいかもしれませんが、
山が狭くなった気がするんですよ。
昔はもっとのびのびと山の中を歩いていたように思うのです。
まさか山が縮んでしまうことなんてありませんよね。
きっと私の気のせいでしょう。

それから近頃は山に静けさがなくなりました。
昔は鳥たちの歌声や、川のせせらぎや、
時折、動物が話す声しか聞こえなかったように思うのですが、
今は何の音だかわかりませんが、
頭が痛くなるような音が聞こえるのです。
暗くなってくるとだいぶんマシになりますが、
太陽の昇っているうちはもう、ひどい有り様ですよ。

それにおどろいたことに
山であなた方をよく見かけるようになりました。
何をしているのですか、あなた方は？
何か大きなものを山に置いていったりしていますよね。
あれは一体なんですか？
山に元々なかったものを置いていくのだから、
何かの役に立つものなんですか？

一体いつからこんな風になったんでしょうか。
このあいだ私の友人がいなくなったんです。
どなたか御存知ありませんか。
いつものように食事をしに出かけたようなんですが、
まだ帰ってこないのですよ。
知り合いの話では、
その日「パン、パーーーーーン！」という
耳をつんざくような音が山じゅうに響いたそうです。
友人が帰ってこないことと何か関係あるのでしょうか。
彼の家族は妻とまだ小さな2頭の子がいるのですが、
心配しながら待っているんですよ。
私たちも必死で探しているのですが見つかりません。
全く最近はおかしなことばかりです。
私たちの世界は

いつからこんなことになってしまったんでしょうね。
私たちは何も変わっていないのですが、
私たちの暮らす場所が変わっていってるのです。
あなた、何か知っていますか？

＜ミー＞

大好きなの、大好きなの、大好きなの！！
あたち、あなたが大好きなのよ！！
いつもあたち、そう言ってるのよ。
ちゃんと聞こえてるの？

あたちがまだちっちゃい時、お風邪を引いたら
あなたがお薬を飲ませてくれたの。
心配そうにあたちの顔をのぞきこんで、
やさしく飲ませてくれたわね。
あなたはあたちのママなのよ！
あの時あたちはそう思ったの。
まちがいない、あたちのママだって！

あたち、いっぱいしかられたんだ。
でもあたちのママだから、
きっとあたちがいけないことをしちゃったのね。
でもあたち、ものごとをクヨクヨ考えないの。
だから５分もすれば、もう平気。
それにね、あなたがあたちをキライになって
しかっているんじゃないことを知ってるんだもの。

あたちをしかる、あなたの目をのぞき込んだ時、わかったの。
その目の奥に、とってもとっても深い愛があったの。
だからね、あたちはあなたが大好きなの。
だからね、しかられた後も
あなたのところへしっぽフリフリ寄っていくの。
だってあなたが大好きなんだもの！

あたちはね、
あなたのお顔がきれいじゃなくても、
あなたが何にも持ってなくても、
あなたが何にも出来なくっても、
あなたのことが大好きなの！
だってあたちは目に見えない、
あなたの中のほんとのあなたが大好きだから！
今日もあたちはあなたの元へ
しっぽフリフリ歩いていくの。

＜カア＞

いっこ、にこ、さんこ,,,。
まだまだだなぁ。もっとがんばって集めなきゃ！

おいら、いろんなとっから集めてくんだぜ。
きらきらしたやつをさ。
あんたらわかんねぇんだろ。
おいらたちがなんでこんなもんばっか集めてんのか。
あいつらは光るもんが好きなんだ。
ただそれだけだと思ってんだろ。
そんなことだけで、おいらがきけんをおかしてまで、
んなもん集めっかよ！
ちゃんとれっきとしたわけがあんだよ。

おいらがうんと小さいころ、
巣でねむってたら光るヤツがきたんだよ。
そいつはなんだか知んねぇけど、やわらかくってやさしくって、
おいらのおっかあみたいにあったかくって、
そんでもってすんごい光ってた。
あれをいっぺんでも見たことのあるやつは、
おいらが光るもんを集める気持ちがわかるって。
おいらのともだちもみんな知ってた。見たことあるってよ。
だからみんなして光るもんを集めんだ。
いっぱい集めたら、またあの、あったかくってやさしくって、
きらきら光るもんが来てくれっかも知んねぇから。
たぶんじゅっこくらいうんとがんばって集めたら、
またきてくれるんじゃねえかと思うんだ。

あんたたちは集めるひつようがねぇもんな。

だってもう光るもんを持ってっからよ。
え？　持ってないってか？
うそつけ！　みんな持ってるじゃねぇかぁー！！
おいらをだまそうと思っても、
[そうはとんやがおろさねえぞ]ってかぁー！
ほら、じぶんでよく見てみろよ！
からだのまんなかへんにきらきらきらきら
いっつも光ってんじゃねぇかぁー！
みんなして光ってんじゃねぇかぁー！
いっつもふしぎだったんだぜ。
そんなに光ってんのに、あんたたちまぶしくねぇのかぁーって。

まさかそんなに光ってんのに
じぶんで気づいてねぇなんてこたぁねぇよなー。
おいらにははっきりと見えるぜ。
いつでもだれでも
きらきら、きらきらしてんだかぁーなー。

＜ミチヲシルイヌ＞

ずっと探していたの。
あの人は一体どこにいっちゃったのかしら。

あたしがまだ子供の頃、初めてあの人と出会ったわ。
いつもあたしのことをかわいがってくれて、
あたしはあの人のそばにぴったりとくっついていた。
まるで兄弟のように、まるで親子のように、

まるで恋人のように、
あたしたちはいつも一緒だった。

でもね、
あたしが大人になってしばらくして、
あの人は遠くへ移り住むことになったの。
そして突然に別れを告げられた。
信じられなかったわ。
まさかあたしがあの人とはなればなれになるなんて。
車に乗って遠くへ、遠くへと走り去っていったわ。
いつもあたしとドライブを楽しんだ、あの車で。

それでもあたしはあきらめなかった。
あたしも旅に出る決意をしたの。
あたしがあの人のことを覚えている限り、
あたしはきっとあの人の元へとたどり着くことが出来る。
そう信じて、たった一人の旅に出たわ。

ほら見て。
あの人がつけてくれた、とってもお気に入りだった首飾りも
今ではこんな風に汚れてくたびれて、
もうじき切れてしまって二度とつけることが出来なくなるわ。
ほんとに長い旅だった。
あたしはある町に来て、そして何人かの人に捕まえられて、
気がついたらこんなところに入れられていたわ。
ここはきらい。だって死の匂いがするんですもの。
周りの連中は大声で叫んでいる。
あたしも最初は声の限りに叫んだわ。
必死であの人を呼んだわ。
でもそれが届かないってわかったの。

だから今は静かにしている。あたしの心もとっても静かよ。
これがあたしの行くべき道なら、それもそれよ。
あたしはあの人の愛を
しっかりと受け取ることが出来たんだもの。
それでもう充分よ。満足しているわ。

ある日あなたと初めて出会ったの。
あたしが静かに佇んでいると、
あなたが静かにやってきて、
あたしや他の連中をじっと見ていたわ。
そしてあたしはあなたと目が合ったの。
あたしは驚いたわ。
だってあなたの瞳の中に、あたしが子供の頃に見た、
あの人とおんなじ愛を見つけたから。

あたしは今、あなたとここにいる。
あたしは今、すべてを理解している。
あの人との愛、あの人との別れ、
そして過酷で孤独な旅、死の時を待つ日々。
それらがすべてあなたと出会うためのものだったってことを。
このすべてがなければ、
あたしはあなたという真実の愛と出会えなかった。
今、あたしは本当の愛を感じている。
だからね、あなたを愛しているから、
あたしを置き去りにしたあの人のことも愛するの。

今日もあたしは、あなたのそばで眠るの。
あなたがなでてくれたら尻尾をふり、
やさしくあなたの暖かい手をなめてあげるの。
やっと

あたしは本当の目的地にたどり着いた。
あたしの長い旅の果て。

＜ヤシ＞

またそんなこと考えてる。
だからちがうんだってば。
あーーー、もっとオレの話を聞いてくれたらなぁ,,,。

君がどんなに素敵かって話だよ。
君、いつも自信をなくしちゃうんだもの。
君が思っているほど君はおこりんぼさんじゃないし、
君が思っているほどやさしさに欠けてなんかいないし、
君が思っているほど愛が足りないわけじゃない。
わかんないかなーーー。
オレは君のことをとてもよく知っている。
だってずっと君のことを見てきたから。

いつもオレを大切にしてくれてありがとう。
いつもオレたちのことを心配してくれてありがとう。

オレがどんなに君のことを必要としているのか、
どんなに君と過ごすことが楽しいのか、
全て伝えたいよ。

君にはなかなか伝わらないけど、
オレはオレの仲間たちにみーんな話したよ。

だからみーんな君のやさしさを知っている。
君の愛を知っている。

オレの声は聞こえないかもしれないけれど、
きっと巡りめぐって誰かが伝えてくれると思うんだ。
どんなに君が素晴らしいかってことを。
だから泣かないで。
誰かが君に伝えるのを待っててね。

<ツカイ>

ねぇねぇちょっと！お知らせにきましたよ！
あれ？おかしいなぁ､､､｡
確かにここに行きなさいって言われたからやって来たのに。
・・・あ、来た来た。
ねぇ、あなた！お知らせにきましたよ！！
私は頼まれてやってきたのです。
ふふ、こんな所に何で私が留まっているのかと、
訝しげに見ているのですね。
まさかこんな所に私が留まっているわけがありませんものね。
だから私が選ばれたんですよ。
あなたはきっと不思議に思うだろうから、
そうしたらその意味を考えるだろうと、わかりやすいだろうと、
それで私が選ばれてやってきたのですよ。
誰かがこうやってあなたの元へとやってこないと、
あなたは気づかないようだったので、
こうしてはるばる私が来たのです。

あなたへのメッセージは、私のこの姿がすべてです。
さぁ、この私の姿から、一体何を思いますか？
あなたはどんな意味を汲み取りますか？
色、、、そう、
この色のエネルギーにはどんな意味がありますか？
跳躍、、、そうそう、それですよ。よくわかってくれましたね。
宇宙は単純明快です。そのまんまが答えです。
この色のエネルギーが意味するものが跳躍する、
その時が来たことを知らせにやってきたのです。

あなた最近、声を聞こうとしなかったでしょ！
だから私が知らせにやってきたのです。
耳をふさいで声を聞かず、
頭の中はいろんな考えに埋め尽くされているあなたに、
わかりやすく伝えるためですよ。
もっと耳を傾けなさいよ！
さぁ、私の役目はこれで終わりです。
あなたが気がついてくれてほっとしました。
こんな暗い中をこんな留まりにくい所に
留まっていた甲斐がありました。
私も安心したので帰ります。

忘れないでくださいね。
私たち自然界の存在は、
こういう重要な任務もこなしているんですよ。
あなたにお知らせが必要な時、
その時その内容に合ったものが選ばれて、
またメッセージを運んでくるでしょう。
だから見逃さないでくださいね。

すべてに兆しを感じていてくださいね。

＜マンタクン＞

ボクにはどういうことかわかんないよ。
あなたはいつもボクに言う。
「チャントしなさいよ！」
ねぇねぇ「チャント」ってなに？

ボクはにおいをかぐのが大好き。
おうちの中であれこれとにおいをかいでまわったり、
お外に行ったときもいろんなにおいをかぐのが好きなの。
でもあなたは「キタナイからダメ」って言う。
ねぇねぇ「キタナイ」ってなに？

いろんなにおいをかぐと、
いろんなことがあたまにうかんできて楽しいの。
あ、これはあのこが通ったあとだなとか、
あれ？ 新入りがきたなとか、
カレはちょうしが悪いんだな、とか。
目に見えなくってもわかるんだ。
それだけじゃない。自然のにおいもとっても気持ちいいの。
雨のにおいがしてきたなとか、もうすぐお花が咲くんだなとか、
ボクの苦手な冬がくるとか、光のあのこがやってきた、とか。
だから「ボクはここにいるよ」って、
ボクのにおいもつけておくの。

それはあなたがまるでテレビや映画を観るように、
ボクの気持ちをゆたかにしてくれるんだ。
それはこのちっちゃなボクを
とってもとっても大きな存在にしてくれるんだ。

ボクはあなたにしかられたって、
「チャントしなさい」って言われたって、
これからもそうしていくよ。
だってそれがボクの楽しみで、ボクのしたいことなんだもん。
あなたにはりかいできないからって、
やっちゃダメっていわないでね。
ボクにだってあなたのやることってわかんないんだから。
でもボクはなんにも言わないよ。
だってあなたが好きだから。

＜カブ＞

さようなら、さようなら。
そんなに悩まないでも大丈夫よ。

私は私の役目を果たしたし、それなりに楽しかったから。

あなたは私をその場所に留まらせていていいものかどうなのか、
ずいぶんと考え込んでいたようね。
それでよかったのよ。
確かに私たちは自然界で生を終えるのが
望ましい形かもしれない。
でもね、私には私の役目があって、
あなたの元へ現われたんだし、
私と共に過ごしたという経験を
あなたがしっかりと胸に宿らせていてくれるのなら、
私はそれで充分なのよ。

あなた、私を見つけた時、
まるで子どものようにはしゃいでいたわね。
そして私たちを大切に大切に世話していたわね。
私たちが夏で終わる命だと知って、ショックを受けていたわね。
あの姿を見て私たち、悪いけど笑っちゃったの。
あなたったら、今にも泣き出しそうな、ヘンテコな顔をして。
だってこの体を脱ぎ捨てるだけで、大したことじゃないのに。
もっと命の永遠を感じて欲しいわね。

私と過ごしたことによって、
あなた、子どもの頃のはずむ心や純真さを思い出したでしょ？
それをどうか忘れないでね。
それは大切な宝物。
私との別れを嘆き悲しむより、
今までその宝物を
置き去りにしていたことの方を嘆いてちょうだい。
この私とはお別れでも、

こうやってまた私は私の一部を残していく。
だからまた、次の年に会いましょう。
きっと次の年も私たちは賑やかに暮らすでしょう。
それまでほんの一時だけお別れ。
きっとまた
大はしゃぎするあなたに会えるわね。

＜ミシラヌモノ＞

オレはどうやら「ケムシ」というものに似ているらしい。
オレはどうやら「ハチ」というヤツにも似ているらしい。
他にもオレに似ているものがあるらしい。
しかしどれもちがうんだ。
オレを見たヤツはたいそうおどろくようだ。
この前もオレがゆらりゆらりと気持ちよく
風のにおいを感じながら漂っていると、
そこらあたりにいたヤツが
「キーキー」とやかましく騒いでいた。
あんただけが、じっと目を凝らしてオレを見ていた。
あんたは動じることもなく、漂うオレを観察していた。

あんた、その調子だぜ。
おどろいていたヤツ、よく聞けよ。
あんたらの短い人生の中で
まったく新しいものに遭遇したからって、
いちいち「キーキー」言ってんな。
あんたらの知らないものなんて、

まだまだいくらでもあるんだよ。
もしあんたらが「すべてを見る」ことができたなら、
毎日「キーキー」大変だぜ。
だから見えないように、いや、見ないようにしてるんだろうな。
あんたらの持っている辞書は完璧じゃないんだ。
そんな辞書だけに頼るなよ。
辞書のページはまだまだこれから増えていくんだぜ。

ちなみに「キーキー」言ってたあんたらのことは
オレの辞書にはなかったよ。
だからオレはあんたらのことを追加しておいた。
あんたはすでに自分の辞書に追加したみたいだな、
オレのことを。
「キーキー」言ってたあんたらも、
あんたらの持っている辞書に
何でも書き込める白いページを必ず用意しておくんだな。
自分だけの辞書を作るんだな。

わんたママの贈りもの

(もうダメ。動けないわ、、、)
人知れず白いふわふわした毛の犬が、痛みをこらえて森の中へとぼとぼと歩いてきました。まんまるの大きな黒い目も、今は痛みに細くなり、いつもは小さな口も大きく開け、舌をだらりと出して荒い息づかいです。あたりは真っ暗で、木々の間から時おりのぞくお月さまの光だけが道を照らしてくれています。白い犬は背の高い木の根もとまでくると、ぐったりと体を横たえました。
(ああ、どうか、生まれてくる子が無事でありますように、、、)
白い犬は、夜空を見上げてまぁるいお月さまへと祈りました。またあの激しい痛みがおそってきます。あまりの痛みに息づかいはさらに激しくなりました。その様子を夜空に輝くまるい月と、木の上に住む鮮やかな羽根を持つ小さな鳥だけが、じっと静かに見つめていました。

　どのくらいの時間がたったでしょうか。白い犬は疲れきっていましたが、たった今この世界に生まれ出た小さないのちを愛しげに見つめ、そしてその顔をペロペロとなめました。やがてその小さないのちは、この世界にやってきたことを示すように、小川のせせらぎよりも小さな声で「キューン」と鳴きました。白い犬は安心し、横たえた体をまるめてその小さい子を包み込むようにして目を閉じました。小さい子も静かに白い犬のお腹に顔をうずめています。
　夜が明けて、小さい子は白い犬のおっぱいをむさぼるように元気に飲んでいます。白い犬は自分の成し遂げた偉大な仕事に満足し、疲れてはいるもののその顔は誇らしさで輝いています。小さい子は懸命にミルクを飲んでいます。これならきっとこの子は元気に大きくなるだろうと、白い犬は安心しました。それからしばらくは、背の高い木からずいぶん離れた茂みの中に身を潜めていました。背の高い木のそばには大きな池があり、他の生き物がよく水を飲みにやってくるので見つかってしまうと危険かもしれないからです。白い犬はのどが渇いていましたが、小さい子を置いて水を飲みにはいけ

ません。もう少し我慢することにしました。やがて白い犬は、水のにおいがする方へ一人で出かけていきました。小さい子は茂みの中へうまく隠してきました。ほんのりと小川のにおいがします。ようやくその静かな小川へたどり着き、白い犬は今までののどの渇きをうるおしました。水を飲んで落ち着いた白い犬は、ふと自分の体に目をやりました。いつまでもお腹が痛いと思っていたら、小さい子が生まれたところから血が出ています。それはとめどなく流れ、確実に白い犬の体重を減らしていたのです。白い犬はそこらの草へこすりつけたりして、何とか血を止めようとしましたが、少し流れる血は減ったものの、どうしても止められませんでした。
(もしかしたら、私はこのまま,,,)
しばらくその場にすわり、じっと小川の流れを見つめていましたが、白い犬は厳しい顔つきになり、そして小さい子の待つ茂みへと引き返していきました。

　小さい子は生まれた時、毛が体にぴったりと貼りついたような、まだほんの短い毛でしたが、今はもう、ふわっと白い毛らしいものに体を包まれ始めています。目もようやく開き、この世で初めて目にしたのは白い犬の微笑んだ顔でした。小さい子はコロコロと白い犬のそばで転がったり、白い犬に体をこすりつけてきたりして、元気に遊んでいます。白い犬はそれを楽しそうに見つめていました。
(もう大丈夫。もしも私がいなくなっても,,,,。あぁ、でも,,,)
白い犬はいつも何か考え込んでいるようでした。白い犬から流れ出る血も、止まる気配はありません。とうとう白い犬は立ち上がり、小さい子をくわえて茂みの中へと連れて行きました。
(ここで静かにして待っているのよ,,,)
白い犬は小さい子の顔をしばらくなめてあげ、そうすると小さい子は目をつぶり、しまいに小さな寝息をたて始めました。それを見て、白い犬は小さい子が目を覚まさないようにそーっとそばを離れていきました。

(たしかここへやってくる時に、あったはず)
白い犬は森の入り口まで歩いてきました。そこには赤い屋根の小さなおうちがあります。窓から一人の人間がいるのが見えました。人間は楽しそうに歌を歌っています。人間はとてもやさしげな顔でうれしそうに歌っていました。
(きっとうまくいくわ,,,)
白い犬はそのおうちの前で、甲高く叫び声を上げました。もう一度、次はよく響く声を上げました。おうちの中から、ニワトリの鳴き声のようなけたたましい声が聞こえてきます。
「あら、何かしら?」
そういって中の人間がドアを開けて姿を現わしました。白い犬はその人間に向かって大きく何度もしっぽを振りつづけました。
「まぁ、かわいい! 一体どうしたの? お腹がすいてるの? こっちへいらっしゃい」
人間はにっこりと白い犬に笑いかけながら近寄ってきます。白い犬はしっぽを振りながら「キューン」と鼻を鳴らし、人間に頭をなでられるがままでじっとすわっています。そして白い犬は少し森の方へあとずさりしました。
「あら、どうしたの? どこへいくの? ・・・あら、あなたケガをしているんじゃない? 血がついてるわ。手当てをするからこっちへいらっしゃい。あ、どこへいくの?」
白い犬は人間の方を向いたまま、少しずつ後ずさりしていきます。人間は白い犬を追って歩いてきます。そうしているうちに森の中へ入りました。
「ねぇ、待ってちょうだい! そのまんまじゃダメよ。手当てをしなきゃ!」
白い犬は森の奥へと人間を誘います。時々後ろを振り返り、人間がついてきているかどうかを確認しながら。人間がついてこないと意味がないのです。
(きっとうまくいく。これであの子は大丈夫,,,)

小さい子はふと目を覚ましました。草のにおいをクンクンと嗅いでから、あたりをくるりと見渡します。さっきまで自分の顔をやさしくなめてくれていた白い犬の姿がありません。小さい子はとっても心配になって起き上がりました。やはり白い犬の姿は見当たりません。仕方なく小さい子は草の茂みからおぼつかない足取りで出て行きました。
「あら、こんにちは！　あなたとっても小さいのね。名前は何ていうの？」
突然声をかけられて、小さい子はギョッとしました。目の前には大きな、見たこともないへんてこりんな生き物が立っていました。
「ふふ。あなた、森の住人を見たのは初めてなのね？　あたしはウサギっていうのよ」
小さい子はじっとウサギを見つめます。どうやら小さい子に何かしようというのではないことが、小さい子にもわかりました。
「ねぇあなた、こんなに小さいのに一人で森へやってきたの？　どうやってきたの？」
小さい子にはわかりませんでした。ウサギが何を言っているのかわからなかったのです。小さい子は言葉を理解するにはまだ小さすぎました。
「いいわ、私が森を案内してあげる。ついていらっしゃい！」
ウサギはニッコリと笑いかけ、小さい子を手招きしました。しかし小さい子はそこを動こうとはしません。じっと悲しそうな目でウサギを見つめています。
「あら、どうしたの？　もしかして誰かを待っているの？　かわいそうに、、、。じゃああなたが待っているひとがやってくるまで、ここに一緒にいてあげるわ」
ウサギはそう言うと小さい子の横に腰をおろしました。小さい子はウサギの言ったことはわかりませんでしたが、どうやらそばにいてくれるらしいことを理解し、小さな小さなしっぽをひとふりしまし

た。そこへ茂みがガサガサと音をたて、まだ若い黒いクマが出てきました。
「やぁ、こんにちは！　何しているの？」
ウサギが答えます。
「あのね、この子はここで誰かを待っているみたいなの。どこから森へやってきたのかわからないんだけど、一人じゃ心細いだろうから一緒に待っていてあげることにしたの」
クマはふーんと頷いて、胸をポンと叩いて言いました。
「それならボクも一緒にいてあげるよ！僕はね、この森の正義の味方になるんだよ。だから困っている子がいたら助けてあげるのさ」
そう言ってクマは鼻から大きく息を吸い込み音をたてて吐き出しました。クマは小さい子のとなり、ウサギが腰かけている反対側にすわりました。
「それにしても、いったいこの子はどこからきたのかしら？そして誰を待っているのかしらねぇ」
しばらくすると、遠くから足音が聞こえてきました。4本足で歩くものと2本足で歩くものの足音です。ウサギはすぐその足音に気がつきました。
「人間だわ！　大変、かくれなくちゃ！」
それを聞いてクマもあわてています。小さい子だけは何のことだかわかりません。
「さぁ、こっちへいらっしゃい。その草の中へかくれるのよ！」
そう言うとウサギとクマは即座に茂みの中へ飛び込みました。しかし小さい子は何を言っているのかわからないし、聞こえてくる足音はあの白い犬のものだとすぐに気が付いたので、そのままじっとしていました。ウサギは草むらから小さい子にこっちへくるよう何度も呼びかけましたが、足音が大きくなってきたのでやがて黙り込んで様子を見ることにしました。

「一体どこへ行こうとしてるの？　あまり森の奥へ行くと、帰り道が

わからなくなるわ」
人間は必死になって白い犬の後を追っていました。しかし不思議なことに人間が疲れて立ち止まると、白い犬も立ち止まります。どうやら私をどこかへ案内しようとしているのだわ、と思いました。そうしてしばらくついていくと、おもむろに白い犬が立ち止まりました。そしてこちらをくるりと振り返り、じっと悲しそうな、すがるような目でこちらを見つめてきます。不思議に思い、白い犬が立ち止まったはるか先に目をやると、なにやら小さな動物がいるではありませんか。人間はおどろいて白い犬に言いました。
「あなたは私にあれを見せたかったのね。一体何なのかしら？」
人間はじっとすわっている白い犬を追い越し、その小さな生き物のところへ近づきました。するとそこには小さな小さな、まだ生まれて間もない子犬がじっとすわっています。
「まぁ、なんてかわいいんでしょう！！ まだ生まれて少ししかたっていないのね？ さぁ、こっちへおいで､､､。ああ、なんてかわいいんだろう！！」
人間はじっとすわっている小さい子を抱き上げてやさしくほおずりしています。
「あなたはこれを見せたかったのね！」
そう言って人間は白い犬のいた方へ振り向きましたが、そこに白い犬の姿はありませんでした。さっきまでそこにじっとすわっていたというのに、どうしたことでしょう。

（ああ、これであの子は生きていける。私はもうダメ。もうじきこの世界を離れることになる､､､）
白い犬は人間が小さい子を抱き上げよろこんでいる一部始終を、草の茂みからじっと見つめていました。無理をして歩いたためか、流れ出る血は心なしか多くなっているようです。人間が小さい子を抱いたまま、ようやくあの赤い屋根のおうちへ引き返していくのを見送ると、白い犬は最後の力をふりしぼり、森の奥へ、奥へと歩き出

しました。森のずっと奥には荒涼とした岩場があり、そこはこの世界での役目を終え、いのちを謳歌したものたちが最後の安息を得る場所でした。白い犬は必死の思いでその岩場にたどり着き、その頃にはもう体のどこにも力は残っていませんでした。静かに疲れた体を横たえ、白い犬は目を閉じました。
(どうか、あの子を見守って下さい。どうかあの子に光を、、、)
まだこの世界での役目を担うものたちが、決して訪れることのないその岩場で、白い犬の体からキラキラと輝くひとつの光の玉が、天高く、果てしなく、飛び去っていきました。

「あら、人間がきたわ、、、。あの小さい子を抱き上げた。・・・まぁ、なんてうれしそうな顔をしているのかしら！ あの小さい子はきっとあの人間のことを待っていたのね？ だって他に誰もいないんですもの」
ウサギは草むらから小さい子の様子を覗き見ながら、クマに言いました。
「そうだね。でもちょっと心配だね。なにせ人間なんだもの。ボクたち森の住人ならともかく、人間は何をするかわからないからね」
クマは少しまゆをひそませて言います。
「そうね、、、。あの人間はついこの前、森の入り口のおうちへやってきた人よ。すぐ近くだから様子を見に行くことにしましょうよ」
「うん、そうしよう」

　人間は小さい子をそっとやさしく抱え込んだまま、森を抜けておうちへたどり着きました。おうちに入ると人間はすぐさまカゴを取り出しました。人間が編んでいる途中の毛糸のセーターやらが入った小さなカゴです。一緒に暮らしているオスのニワトリが、コッコ、コッコとせわしなく歩き回ります。
「いたずらしてはダメよ！？」
人間は歩き回るニワトリにそう声をかけてから、カゴの中の毛糸を

放り出し、やわらかいタオルをたくさん敷きつめ、その上にそっと小さい子を降ろしました。小さい子はきょとんとした顔で、人間の目を見つめています。
「本当になんてかわいいんでしょう。一人で森の中で淋しかったでしょう？ かわいそうに。あなたのお母さんはいったいどこへ行っちゃったのかしらねぇ...」
人間は、自分を森の中へと案内した、あの白い犬が母親であるだろうと思っていました。なにせあの白い犬に似た、まだ短く柔らかい白い毛が、その小さい子の全身をおおっていたのですから。それにあの白い犬とまるでそっくりの、まんまるの大きな黒い目をしています。人間は白い犬のことを思いました。白い犬はケガをしていて、この小さい子のめんどうをみることができないから、私を森へと案内したのかしら？ それにしてもあの白い犬は、どこへ姿を消したのかしら。

　人間はミルクを少し温めて、それをまた冷ましてから小さなお皿に少し入れ、小さい子のところへ持っていきました。小さい子はカゴの中から少し鼻をヒクヒクと動かして匂いを確認し、ヨタヨタとカゴから出てきてお皿の中のミルクを飲み始めました。人間はああよかったわ、とホッと胸をなでおろしました。ミルクをたっぷりと飲んだ小さい子をそっとカゴの中へ戻してから、しばらく小さい子をなでてやりました。小さい子は気持ち良さそうにじっとし、だんだんと目をつむって眠りの中へ落ちていきました。人間も安心して眠ることにしました。

「ねぇ、見える？」
赤い屋根のおうちの窓から、ウサギとクマが中の様子を覗き込もうとしています。クマは背が高いので簡単に窓の中を覗くことが出来ました。
「ああ、見えるさ。あの人間が歌を歌いながら、あの小さい子を抱っこしているよ」

ウサギは背が低いので見えません。クマが自慢げに中の様子を話すので、ウサギは少しムッとしました。
「ねぇ、あなたは森の正義の味方なんでしょ？ あなたは背が高いから見えるでしょうけど、あたしには何一つ見えやしないの！ ちょっとその肩を貸してちょうだいよ！」
クマは正義の味方のことを持ち出され、あわててウサギを抱きかかえて自分の肩に乗せました。
「どうだい、これで見えるかい？」
「ええ、見えるわ,,,。あら、あの人間はなんてうれしそうに、大切にあの小さい子を抱いているのかしら。小さい子もあんなに安心した顔をして。これなら大丈夫ね」
「ああ、きっとあの人間はあの子を大切に大切にするだろうよ」
「そうね。でもこれからもそーっと様子を見にきましょう」
ウサギとクマはそう言うとおうちの窓から離れ、森の方へと歩き出しました。
「ねぇ、もういいから降ろしてちょうだい！」
ウサギに言われて、クマはまだ自分の肩にウサギを乗せていることを思い出しました。急いでウサギを下ろすと、ふたりは並んで森の中へと消えていきました。

　人間は小さい子が日に日に大きくなっていることを感じていました。白い毛もフワフワになって、小さかったお耳も少し大きくなって垂れ下がっています。まんまるで大きな黒い目は、今では好奇心でいっぱいです。
「そろそろあなたのお名前を考えてあげなくちゃね。何がいいかしら？」
人間はおいしい紅茶を飲みながら、毛糸玉を転がしてひとりでじゃれて遊んでいる小さい子を見つめながら言いました。その時ふところの中に突然名前が浮かんできました。
「ねぇ、わんたくんってどうかしら？　うん、とってもかわいい素敵

なお名前だわ。あなたにピッタリよ！」
人間はうれしくなり、さっそく小さい子に呼びかけてみました。
「わんたくん、さぁ、こっちへいらっしゃい！　私と遊びましょう」
小さい子はまだ毛糸玉と取っ組み合っています。聞こえなかったのでしょうか。そしてまた、ふとある考えが人間のこころの中に浮かんできました。
「わんたくん、さぁ、ママのところへいらっしゃい！」
すると小さい子＝わんたくんは、一人遊びをはたと止め、人間に向かってうれしそうにかけてきました。ふわふわのしっぽを振り、体いっぱいによろこんでいるようです。
（そう、私はわんたくんのママなのよ。あの白い犬と同じように、わんたくんのママなの、、、）

　暗い暗い空間を、ひとつのキラキラ光る玉が漂っています。それはまばゆいばかりの光で、ゆらゆらとシャボン玉のように揺れています。光の玉は、そっと地上を見下ろします。森のそばにある、赤い屋根のおうちを見下ろします。おうちの中で、かわいい小さい子が無邪気に遊び、あの人間がそれを微笑んで見つめているのがわかります。光の玉はじっとそのまま、そこで見ていたいという思いにかられました。しかしどこからか声が聞こえてきます。
「さぁ、もうここへおいで。君のその世界での役目は終わったのだよ」
光の玉は声のする方へ意識を向けます。そこにはその光の玉よりも、ずっとずーーっと大きな大きな光が輝いていました。その輝きを見ていると、光の玉はなんだかなつかしい、うれしい気持ちになってきました。光の玉はすべるようにその大きな光へと近づいていき、やがてその大きな光の中へと吸い込まれていきました。光の玉は、その大きな光の中に埋もれ、溶け合い、いつしか大きな光と共に輝き出していることを感じています。それはたとえようもない、素晴らしい気持ちでした。
光は何か声が聞こえてくるのを感じました。

(そろそろあなたのお名前を考えてあげなくちゃね。何がいいかしら？)
光は即座に思いました。
(わんた、、、、)
そしてまた、今度は少しくぐもった声が聞こえてきます。
(わんたくんはきっと一人でさびしいわね、、、。私はあなたを生んだママを知っているわ。私が生んだのではないの、、。ああ、ちゃんと大きくしてあげられるかしら、、)
光はまた、すぐに思いました。
(あなたはわんたのママになれる。だってとてもわんたのことを愛しているんですもの。・・・さぁ、自分でわんたのママだと言ってごらんなさい)
するとまた声が聞こえてきました。
(わんたくん、さぁ、ママのところへいらっしゃい！)
光は安心し、そしてその時にはすべてを知っていました。なぜ小さい子を残してあの世界を去らなければならなかったのか、、、あの人間のこころにある悲しみ、、、そのこころにある悲しみのわけ、、、わんたの役割、、、、すべてを今理解していました。それは大きな大きな物語だったのです。光はまた、この大きな光と自分という光と同じ光が、人間の中にも、わんたの中にも輝いていることをも知っていました。そしてすべては終わったのではなく、これからが始まりなのだということを理解していました、、、。

　人間は、ある晩おうちのうらに出て、お月さまを眺めていました。人間の横には、ぴったりと体を押し付けているわんたくんがいました。人間はそのまぁるいお月さまを眺めながら、わんたくんに言いました。
「ほらわんたくん、見てごらん。とってもきれいなお月さまよ。わんたくんのこと大好きよ、ってお月さまも言ってるわよ」
わんたくんも眠そうな顔を上げて、お月さまを見つめます。じっと

お月さまを見つめる人間のこころに、ある言葉が浮かんできました。
(わんたくんはあなたへの贈り物、、、)
人間はその浮かんできた言葉におどろき、そしていつしか目に涙が浮かんでいました。涙でぼやける月の光を見やりながら、人間はそっと言いました。
「ありがとう、、、。私はわんたくんのママになれたのね、、、」
まぁるいお月さまは、やさしい光で、森と、森のそばにある赤い屋根のおうちを照らしていました。

           ＜おわり＞

謝　辞

　この本は私の運営するＷｅｂサイト「Healing Space Raphael（ヒーリングスペースラファエル）」で2000年から2001年初めに掲載してきた内容をまとめたものです。
　たくさんの人たちに感謝を贈ります。常に私を導き、サポートしてくれている光の存在たち、どうもありがとう。エンジェリックサークルのみんな、いつもありがとう。*mimin*ちゃん、かわいいイラストをありがとう。えみさん、波乗り中の私への励ましをありがとう。パーちゃん、いろいろありがとう。いっぱい感謝しています。そして私が今まで関わってきたすべての人と、これから関わっていくであろうすべての人に、愛と感謝を贈ります。

　　　　　　　2001年10月　愛犬ムク・ミク・マンタとともに…

「Healing Space Raphael（ヒーリングスペースラファエル）」のＵＲＬ
http://homepage1.nifty.com/h-s-raphael/
楽しい天使たちの輪「ANGELIC CIRCLE（エンジェリックサークル）」も活動中です。詳細は上記ＵＲＬからホームページを御覧下さい。

著者プロフィール

いしかわ あきこ

水瓶座、大阪在住。

ラファエルのおもうこと

2001年12月15日　初版第1刷発行

著　者　　いしかわ あきこ
発行者　　瓜谷 綱延
発行所　　株式会社文芸社
　　　　　〒112-0004　東京都文京区後楽2-23-12
　　　　　　　　　　　電話　03-3814-1177（代表）
　　　　　　　　　　　　　　03-3814-2455（営業）
　　　　　　　　　　振替　00190-8-728265
印刷所　　図書印刷株式会社

© Akiko Ishikawa 2001 Printed in Japan
乱丁・落丁本はお取り替えいたします。
ISBN4-8355-2907-3 C0095